中俄文学互译出版项目·俄罗斯文库　　少年文学丛书

Божий узел

上帝的结

[俄] 亚历山大·多罗费耶夫　著

杨心悦　译

中国国际广播出版社

《中俄文学互译出版项目·俄罗斯文库》
由中国国家新闻出版广电总局和俄罗斯出版
与大众传媒署批准，中国文字著作权协会和
俄罗斯翻译学院负责组织实施。

亚历山大·多罗费耶夫，生于20世纪中叶，俄罗斯优秀儿童文学作家、画家和旅行家。他的文学与绘画作品从1980年至今已有超过一百万的发行量，作品被翻译成多国语言，在西方和东方具有一定的影响力。他的一些童话与短篇小说经过改编出现在著名的儿童电视节目《晚安，孩子们》中。

序 言

赵振宇

"一个人其实永远也走不出他的童年"，著名儿童文学家、国际安徒生奖获得者曹文轩先生曾这样写道。另一位国际安徒生奖获得者詹姆斯·克吕斯则说："孩子们会长大，新的成年人是从幼儿园里长成的。而这些孩子会变成什么样，在某种程度上取决于那些给他们讲故事的人。"儿童文学在个人精神成长中所扮演的角色至关重要，可以说，它为我们每个人涂抹了精神世界的底色，长久影响着我们看待世界的方式。

中国本土现代意义上的儿童文学的产生和发展，在很大程度上得益于五四以来对外国儿童文学的大量译介和广泛吸收。无数优秀的外国儿童文学作品，经由翻译家之手，克服语言和文化的重重阻隔漂洋过海而来，对几代国人的精神世界产生了不可磨灭的影响。其中，俄苏儿童文学以其深厚的人文关怀、对儿童心理的准确把握以及充满诗情画意的语言滋养着一代又一代中国读者的心灵。亚历山大·普希金的童话诗、列夫·托尔斯泰的儿童故事、维塔利·比安基的《森林报》等作品，都曾在中国的域外儿童文学翻译史上留下浓墨重彩的一笔。

苏联解体后，俄罗斯社会、经济和文化等方面均发生了天翻地覆的转折与变迁，相应地，俄罗斯的儿童文学也进入了全新的发展时期。在挣脱了苏联时期"指令性创作"的桎梏后，儿童文学走向了商业化，也由此迎来了艺术形式、题材和创作手法上的极大丰富。当代杰出的俄罗斯儿童文学作家不仅立足于读者的期待和出版界的需求进行创作，也不断继承与发扬俄罗斯儿童文学自身的优良传统。因此，一批优秀的儿童文学作家和作品得以涌现。

回顾近年来俄罗斯儿童文学在中国的出版状况，我们可以清楚地看到，对当代优秀作品的译介一直处在零散的、非系统的状态。我们在"中俄文学互译出版项目·俄罗斯文库"的框架下出版这套《少年文学丛书》，就是为了改变这种状况，希望能以一己微薄之力，将当代俄罗斯最优秀的儿童文学作品介绍给广大中国读者，以期填补外国儿童文学译介和出版事业的一项空白，为本土儿童文学的创作和研究拓展崭新的视野，提供横向的参考与借鉴。

本丛书聚焦当代俄罗斯的"少年文学"。少年文学（подростково-юношеская литература）是儿童文学的重要组成部分，一般指写给 13—18 岁少年阅读的文学作品。这个年龄段的少男少女正处于从少年向成年过渡的关键时期，随着身体的逐渐发育和性意识的逐渐成熟，他们的心理也发生了较大的变化。他们渴望理解和友谊，期待来自成人和同辈的关注、信任和尊重，对爱情怀有朦胧的向往和憧憬，在与成人世界的不断融合与冲撞中开始逐渐形成自己的人生观与价值观。这是个"痛并快乐着"的微妙时期，其中不乏苦闷、痛苦与彷徨。因此相应地，与幼儿文学和童年文学相比，少年文学往往在选材上更为广泛，在人物形象的塑造上更为立体丰满，在反映现实生活方面也更为深刻真实。

需要特别指出的是，少年文学的受众并不仅限于少年读者。真正优秀的少年文学必然是雅俗共赏、老少咸宜的，成年读者也能够从中学习与少年儿童的相处之道，得到许多有益的人生启示与感悟。

当代俄罗斯少年文学有几个新的特点值得我们加以注意：

首先，在创作题材上，创作者力求贴近当代俄罗斯少年的现实生活，反映他们真实的欢乐、困惑与烦恼。许多之前在儿童文学范畴内创作者避而不谈的话题都被纳入了创作领域，如网络、犯罪、流浪、性、吸毒、专制等。在某种程度上，这也是苏联解体后混乱无序的社会现实在儿童文学领域的一种投射。许多创作者致力于描绘少年与残酷的成人世界的"不期而遇"以及由此带来的思考与成长，并为少年提供走出困境的种种出路——通过关心他人，通过书籍、音乐、信仰和爱来摆脱少年时期的孤寂、烦恼和困扰。

其次，在创作方法上，许多当代俄罗斯儿童文学作家勇于突破苏联时期的社会主义现实主义传统，对传统的创作主题进行反思，大胆运用反讽、怪诞、夸张、对外国儿童作品的仿写等多种艺术手法进行创作，产生了一大批风格迥异的作品。在人物塑造方面，众多创作者致力于塑造与众不同、特立独行的少年主人公形象，力求打破以往的创作窠臼，强调每个人物的独特之处。

此外，作家与读者的交流方式也发生了巨大的变化，部分作家借助自己的博客、微博、电子邮件等与读者直接进行交流，能够及时地获知读者的评价与反馈，从而在创作活动中更好地反映现实中的问题，满足读者的需求。

本丛书收入小说十余篇，均为近年来俄罗斯优秀的少年文学作品，其中多部作品曾经在俄罗斯国内外大赛中取得优异成绩，一些脍炙人口的上乘之作（如《加农广场三兄弟》等）还曾被改编为电视连续剧。这套丛书风格多样，内容也颇具代表性，充满丰沛瑰丽的想象、对少年心理的精确洞察和细致入微的描绘，相当一部分作品还深入浅出地介绍了一些专业知识（如《斯芬克斯：校园罗曼史》中的埃及学知识，《无名制琴师的小提琴》中的音乐知识，《第五片海的航海长》中的航海知识等），具有极强的可读性，足以让读者一窥当今俄罗斯少年文学发展的概貌。

本丛书由北京大学外国语学院俄语系 2013、2014 级研究生翻译，力求准确传达原作风貌，以传神和多彩的译笔带领广大读者体会俄罗斯少年的欢笑与泪水，感受成长的快乐与痛苦，以及俄罗斯文学穿越时空的不朽魅力。

·目 录·

邻居斯维奇金

上帝的结

小 马

我爷爷图里·席雷奇经常用拳头敲着我的脑袋预言道：

"你一定能够接我的班！骑在我的马上驰骋。"

疲惫不堪的爷爷牵着一匹他已经无法驯服的强壮的马，这个情景不难想象。而我跳到宽阔的马背上，骑着马跨过森林、田野、山川，仿佛在梦中一般。

"等等！"爷爷打断我，"咱们先确定一下路线吧。"

于是我身下火红的马变灰了，体型皮毛都变得像老鼠一样。

爷爷其实一匹马也没有，无论是大马还是小马。爷爷口中的马，换句话说其实是对于日常各种杂乱琐碎的事情的积极态度。

不得不承认，不管爷爷做什么事，他都能轻松地完成，好像一匹骏马，灵活地、飞快地奔跑，最主要的是沿着一定的路线。

总而言之，任何事情对于爷爷来说都是一匹小马。如果事情太多，那么小马也会变成整整的一群。

爷爷尤其会为某些事物感到骄傲，比如仙人掌，它能在意想不到的时候开花结果。

"知道吗，我小时候曾经是一个笨蛋，"爷爷一边说，一边摇着手指，"但是及时地从前辈那里接过了接力棒。"

虽然我可以勉强想象年轻时的爷爷，但多少有些紧张，"笨蛋"这个词怎么也没法和爷爷挂上钩。

"学习吧，学习吧，我的孙子。在错误中汲取经验，趁我还活在这个世上。"爷爷这么说着，似乎有点悲伤。

于是爷爷兴高采烈地讲述着那段幸福的时光。这就像他最爱的一匹小马，见证了爷爷所犯下的错误和疏漏。有时甚至把别人的错误也归咎于自己，尽管"据说一切都能通过力量超越和战胜"这个观点是众人所信服的。

例如，我意外地得知图里爷爷少年时期曾在克孜勒库姆沙漠① 中的地质考察队工作。

有一天，没有等到前来接应的汽车，考察队需要前往临近的村子获取生活必需品。

周围是死寂的、静止的黄沙和温顺的骆驼刺灌木。爷爷

---

① 克孜勒库姆沙漠：位于中亚地区，在阿姆河与锡尔河之间，乌兹别克斯坦和哈萨克斯坦境内。面积约 30 万平方公里。

一个人走啊走啊，觉得脚都快要感觉不到了，但脚自己却不这么认为，引领着爷爷走向未知的地方。

通常情况下会有一只脚稍微麻利一点，并且超过另外一只。但遗憾的是当时爷爷还不清楚哪只脚有怎样的性格，在沙漠里绕来绕去地走了很久。

在看见三棵棕榈树和停着一辆补充用水的黑色火车的抽水站后，爷爷终于明白他迷路了。陷入绝望中的爷爷开始在地上爬起来。他想：手大概也能顶上点用。路突然变直了，但同时它也是歪歪扭扭的，爷爷终于爬回了营地帐篷。

"打上结了吧？废物。"严厉的考察队队长正在不情愿地集合队员去四周搜索，看见图里回来了，漫不经心地问道。

"什么结都没打。"被沙子烤得发热的图里爷爷含糊地回答。

爷爷对于自己双脚的不听话以及爬着回来感到羞愧。但是他没有料到"打结"就意味着迷路、折返、在已经走过的地方来回兜圈子。除此之外"废物"这个词深深地刺痛了他的心。

第二天，用于航空拍摄的"玉米机"① 飞来了。图里爷

---

① 玉米机：苏联卫国战争中一种轻型教练机的译名。

爷突然领悟到他的位置不是在沙子里，而是应该在天上。飞机上升的时候，他看到了昨天自己在一座座沙丘和不起眼的骆驼刺之间留下的整条奇妙的路径。

"奶牛结！"飞行员大喊。

爷爷又感到了难为情。飞行员掏出一根绳子，把某样东西用绳子扎起来，打结的样式和沙漠中留下的足迹非常相似。

"这种绳结是用来将飞机固定在柱子上的，"飞行员冲着爷爷耳朵喊道，"在刮沙尘暴的时候以防万一。这是一种简单的结。如果伙计你像'羊腿结'那样弯弯曲曲地走的话，那么你大概就没法活着回来了……"

年少的爷爷震惊了。

"大概，人就是这样的，"当时图里仿佛沉思起来，"在这里和那里系上结，有时候需要，有时候不需要。但是人往往不会将结解开，所以，应当知道所有必要的弯曲处啊！"

从那时开始，爷爷对绳结产生了兴趣，开始到处收集绳结。在他家里，天花板上、门框上、电灯上和墙上的众多钉子上都挂满了绳子，上面密密麻麻地系着结，好像一大堆寄生虫一样。绳结大概有好几千个，每一个都有自己专门的名称，并且似乎每一个绳结都有自己的用途。爷爷全部都能一字不差地背下来。

这里有各种各样的绳结：信使结、纤夫结、海盗结、水手结、猎人结、消防结、磨坊结、毛皮作坊结……可以找到捕鲨结、捕狗鱼结、捕牡蛎结、蛇结、骆驼结、龟结……甚至还有用来捆扎腹部的助产结。

在房间最重要的地方摆放着"长尾猴尾巴""猫爪""草结""潮湿半结"。更不用说"羊腿结"和"奶牛结"，这可是爷爷对于绳结狂热的开端。

"这是人类所知事物中的一小部分，"爷爷深吸了一口气说道，"前不久我学会了用绳结书写，但是没有能够通信的人……"他看着我，像看着一个没文化的傻瓜一样。

无论我什么时候去爷爷家玩，在桌子上一定会摆放好一排剪成相同长度的绳子。

爷爷沉默地、若有所思地活动活动手指，仿佛一位技艺高超的钢琴家。他闭上眼睛扭过脸去，好像在向我强调他不会偷看。

绳子在爷爷手指间穿梭，在手掌中舞蹈，渴望着相互交汇。在某一瞬间，你看，绳子结合成为了一体。它们纠缠、交织、卷曲，组成了一种类似试管中的婴儿胚胎般奇形怪状的"生物"，它的脖子上系着平整光滑的绳结。

"绳结王国的王！"爷爷用手指抚摩着自己的作品，十分欣赏地说，"他五千岁了！早在古埃及人在建造金字塔时就使用过这种绳结。"

在我的记忆中，爷爷从来没有像那时那样注视着我，从来没有过那种怜爱的态度。

"但是现在还有谁需要它们呢？"我心里不知为何产生了这样的念头，感觉自己仿佛被沙漠烧灼着。

沉默了一段时间后，爷爷为了安慰我做出了两个像古希腊思想家头像般巨大的绳结，在那之后他严肃地让我站在他面前，语重心长地对我说：

"我的孙子，不管你今后去向何方，身边到处都是绳结。生活在这个世界上，所有人都在打结，有的结是有形的，有的结是无形的。有这样一种假说，我们的世界，甚至宇宙，都是由一个巨大绳结构成的，编织成这个绳结的是三根，怎么说呢，绳子……"

爷爷看出这个假说对我来说有点过于难以理解，他无可奈何地挥了挥手，向屋里摆放着的许多盆仙人掌走去。

"来闻一闻，"爷爷把一个顶部长着黑色小花、不时散发难闻的气味的、毛茸茸的怪家伙拿到我的鼻子跟前，"只稍微闻一下。"

我出于礼貌闻了一下，压抑着心中的不快点了点头，露出陶醉的表情，暗自想到：

"我的小马现在在哪片草原上奔跑、吃草？我到底还能不能见到它？会不会认出它来？还是直到我生命的最后一刻我还只是一个'废物'？除此之外什么都不是，更何况'废物'这个词根本就不存在。"

然而"无用的人"这个词是存在的，换一种说法就是游手好闲、混日子的人。这个词用来描述我竟然惊人地适合。

如果仔细想一想的话，爷爷图里·席雷奇不就是我的小马吗？

他在各方面都称得上将军，不仅是步兵将领，还是仙人掌、绳结和生活本身的统帅。在拉丁文中，爷爷这样的人被称为"生活的主人"。

是的，图里·席雷奇还是一个由造物主创造出的、类似无花果的小小的结。

不管怎么样，上帝的结看上去或许很简单，但不一定能够很快解开。

桦木假人

鸫鸟在菜园里啄着麝香草莓。它们尖厉地叫着呼朋唤友，从一大早开始啄食浆果，已经把菜园里成熟的草莓祸害了一半。

一群褐色皮肤的胖家伙偷偷跳进草莓灌木丛中，进行恬不知耻的偷窃行为！

我大喊着跑出家门，鸫鸟们扇着翅膀叽叽喳喳叫了起来，被破坏了的浆果可怜兮兮地躲在叶子底下。鸟儿们在那里伺机而动，等待着我因为不耐烦离开菜园的时刻。而我很快就感到了无趣，鸟不来啄草莓的话，在那儿待着也什么都做不了。

在棚屋边我找到了一根两米长的桦树木桩，把一根横梁钉在上面。我刚才是多么愚蠢、多么粗心大意啊。现在可不一样了！我一边这样想着，一边翻箱倒柜，捣腾出两顶帽子和三件西装上衣。帽子是夏季的草帽，破破烂烂的，西装上衣更没法要了。其中一件还是爷爷不久之前穿过的双排扣掐腰西装。

箱子使其中容纳的物品变得神圣，物品在里面停留的时间越长，它具有的意义就越重大。衣物的颜色变得饱和、样式也显得新潮起来。气味芬芳扑鼻，仿佛精致的香水。

我把火红色的裤子和绣着鹦鹉的领带卷成一团，满怀心事地回到了桦树木桩跟前。西装上衣肩部有点窄，于是我把木桩锯下去一块。正在这时爷爷过来了。

"你在这儿干什么？衣服扔得到处都是。"爷爷问。

"做假人呢。要不然草莓都被鸟吃光了。"

"哪儿还有什么草莓啊，如果每天睡到中午才起的话。鸟儿们会变得机灵，但是其他人无论如何都不会。我宁可去锯树枝，做个稻草人！"

趁着爷爷不注意，我把火红色的裤子在自己身上比了一下，勉强能够到脚踝。

"曾经还挺合身的……"

"长得真快啊！"爷爷叹了口气，说道。

很难在中途打断他，于是我只得一边收拾乱成一团的衣服，一边乖乖地听爷爷讲话。

"我已经活不长了，"爷爷停顿了一下，"而你啊，做事不专心。人在一生中应当有坚定的目标。唉，稻草人。"

他摆了摆手，从一堆衣物中抽出了帽子。戴在头上试了一下，走进了棚屋，一下子同时响起了各种声音：轰鸣声、叫喊声、敲击声。过去爷爷曾经接受过花边厂的订单，按照要求制作了木铃铛。做出的成品就像真正的铃铛一样，里面的舌也是木制的。花边工人们将白桦木的铃铛挂在了编织好的花边上。它们不会发出美妙清脆的声音，但是有时也会在敲击的时候响两下。当爷爷将几串桦木铃铛翻出来的时候，它们沙沙地作响，听起来像一群咩咩叫的山羊。

"我要做白桦木假人，而不是稻草人！"我这样想着，把桦木做的胳膊和腿钉到十字梁上，"白桦木假人有坚定的目标，也就是吓唬鸟。"

钉子准确无误地嵌入了木头，锤子枯燥的敲击声在松树林里响起，忽高忽低。十字变成了一个奇形怪状的古老字母，只不过没有人知道它该如何发音。最好用衣服把它盖上。

衬衫和上衣都没什么问题，但是裤子穿不上，被小树杈勾住了。为身体僵硬的死者穿衣服大概也是这么困难吧。给假人腰上系了绳子之后，我把它竖了起来，看着它，并且想象着如果有人突然看见这个家伙会发生什么事。

灌木丛旁边有几株接骨木，长得歪歪扭扭的。一个像死人一样的、阴沉的男人在衬衫领口处伸出一截木头，在那里一动不动地窥伺着。看上去好像刚刚被砍了脑袋，但男人自己还没有反应过来。

我赶快用破旧的床单给假人做了个脑袋，把脸的部分的皱纹抚平，然后把帽子低低地扣上。

可是假人的手里又有点空。我翻出了去年的黄色公文包，用鞋钉把它钉到了假人手上。假人帽子下用床单做的、没有五官的脸变得发白，气势立刻就显现出来了。我想画一张充满善意的微笑的好看的脸。但是假人脸上居然自动地显现出一双浅蓝色的忧郁的眼睛、柔和的粉色的鼻子、松弛的两颊上淡淡的红晕。不是我想的那样，但其实和我想象中的有些相似。它就像我的爷爷图里·席雷奇，是有一定年纪的。

我把假人抱起来，小心翼翼地把它运到菜园，插在草莓地旁边疏松的泥土中。摘下帽子，用斧背向白色的脑袋劈去，床单裂开了口子，露出里面桦木的骨骼。我偷偷地往马路那边看了一眼，然后又用斧头劈了两下，像是在叮嘱图里·席雷奇好好保卫这片草莓地。

天空中飘浮着一朵朵破碎的云彩。空荡荡的沥青马路泛着青灰色，看上去很冷，宛如一条秋天的河。高高的松树树尖伸展到空中，随风来回摇晃着。喜鹊和鸫鸟叽叽喳喳地叫着在树木间飞来飞去。在棚屋里有爷爷的车床。只有假人图里·席雷奇静止地站在菜园中间，甚至连它手中的黄色公文包也纹丝不动。

忽然狂风大作，下起了倾盆大雨。床单做成的皱巴巴的脑袋变得面目全非。从鼻子底下长出了小胡子，两侧冒出了乱蓬蓬的鬓角，嘴周围也出现了难看的褶皱。图里·席雷奇变得面目可憎，然而某种程度上来说还是很亲切。这种感觉或许就像年老的父母看到长大了的儿子辜负了自己的期望那样。

"吃饭了！吃饭了！"爷爷摇晃着木铃铛，在棚屋里喊道。"哎哟，"爷爷朝草莓地走过来，"我说的呢，你怎么在这儿待了这么长时间。真像个流浪汉啊！你看看，怎么能这么邋遢呢？上衣破破烂烂的，裤子歪歪斜斜的，帽子又像什么？简直像个乌鸦窝。等一下，我再去拿一顶帽子。"

爷爷回到棚屋里拿了一顶帽子，亲自给图里·席雷奇戴上。帽子勉强挂在后脑勺上，向左边倾斜，很精神，和爷爷自己戴的帽子一样。

午饭时爷爷一直时不时瞟一眼窗外的菜园。

"唉!"在吃糖水水果的时候爷爷终于忍不住了,"别人会来看热闹的。你怎么不放个稻草人,那件西装上衣还不错,帽子也是新的,还有那个公文包,我还不如自己用!"

"忍忍吧,等到秋天就好了。"我恳求爷爷,"没有公文包的话,席雷奇就不是席雷奇了。"

"哪儿还有席雷奇?"爷爷皱了皱眉,"别人会来把东西顺走,问都不问一声!最主要的是会把菜园踩坏。唉,你总是把时间浪费在没意义的事情上,去做稻草人吧。现在该把自己做出来了,不用花很多时间。"

午饭过后爷爷去休息了。我去了棚屋。那儿有很多机器和工具,还有一堆弯弯曲曲的金属丝。一切物品都处在自己的位置上,整齐有序。爷爷的每一样不会说话的工具,无论是锤子、锯子还是凿子,都好像有生命一样,知道自己应该在哪里。某一种不起眼的金属丝挂在了特别的钉子上。螺钉和插销放在专门的箱子里。我好奇地来回打量这些铁家伙,它们在我面前一言不发,却似乎可以和爷爷交谈。一些高声尖叫,另一些嘟嘟嚷嚷发牢骚,还有一些唯唯诺诺,只会说"是是是"。这一点我非常理解,因为和爷爷争论毫无意义。无论你发牢骚还是尖叫,到最后都会回到"是是是"。爷爷永远都是对的。

这样想着，我走出了棚屋，走向菜园里的图里·席雷奇。我摸了摸假人扁平的肩膀，感觉到西装上衣底下没有削平的木棒。黑压压的云团从松林后缓缓飘过来，在雷雨来临前的黄昏，图里·席雷奇皱起了眉头，不安与操劳的表情在破布制成的脸上浮现，在刚过去的一个小时中好像老了五十岁。

路上行人稀少，人们都忙着赶路。一个提着网兜的大婶在菜园栅栏边停下，盯着图里·席雷奇看了很长时间，还朝它挥了挥手，打了个招呼。但图里·席雷奇连眼睛都没眨。"妖怪啊！"大婶惊叫着跑走了。

图里·席雷奇一直都知道自己的使命，也就是吓唬鸟的任务。鸫鸟们都躲开它，离开了菜园，飞到远处觅食去了。

突然来了一匹拉着大车的白马，车上坐着收旧货的商人索洛维伊，吆喝着"有旧货的卖"，声音好像在坑洼里颠簸着，一些字跳起来，一些字塌下去，消失得无影无踪。整句话就像是一块挂在绳子上的旧地毯、一句被虫子啃噬过的咒语"悠久活的埋"。

索洛维伊在门口停下车，走进菜园，直接走向了图里。他摸了摸上衣，闻了闻公文包。

"小伙子！我把这个拿走，来帮我拴一下马。"索洛维伊说道，"我给你一把带哨子的手枪。"

他抓住图里·席雷奇的肩膀，使劲摇晃着把假人从土里拔出来，就像拔一棵菜。

"等等！"

"等一下，喝杯茶，一辈子，没剩啥。"索洛维伊打了个呼哨，往后退了一步，"我知道它跟你很亲。你要不然再考虑考虑。我知道了，给你两把手枪。过两天我再来看。"

话音刚落，他就走向了自己的马。马的颜色好像傍晚的雾气一样洁白。索洛维伊跳上了车，一瞬间就消失在我的面前，不知道是不是掉沟里了。

天气转凉，一阵风掠过松树林。两只乌鸦低低地飞过，似乎不愿陷入严寒的冬天，像聋哑人那样互相用翅膀比划着。它们突然分开了，一只落在了干枯的白桦树上，另一只飞向了被晚霞点亮的天空深处。

爷爷敲着木铃铛从棚屋里走出来，头上散落着许多锯末。锯末沾到了脸上，落入嘴周围的皱纹里，勾勒出向两边撇开的小胡子和鬓角的模样。我抱了抱爷爷，隔着衣服也能感觉到他干瘦的身体和凸起的肩胛骨。

"别淘气，"爷爷躲开了我，"今天都做了什么事？"

我环顾了四周，努力回忆着一天的所作所为，但周围的一切都沉默着。

"白白浪费了一天，"爷爷若有所思地点了点头，"你以后也干不成大事啊。"

"你做了什么有意义的事？"图里·席雷奇突然喃喃地说，"难道和索洛维伊交了朋友？还是帮他拴了马？"

爷爷猛地一哆嗦，咳嗽了几声。我好像听见了他之前说的话，但又没有听清，也没法再问一遍。锯末从脸上飘下来，爷爷用手摩挲了一下就回屋了。一路上他手中的桦木铃铛沙沙作响，像重复着一句单调的话"入夜了，快睡觉"。爷爷睡觉的姿势一成不变，平躺在床上，两只胳膊在身体两侧放好，呼吸平稳。还有谁能有比爷爷更正确的睡姿吗？

斑驳的月亮升起来了。我坐在屋外的长椅上，想象着如果自己能变成假人该多好。年复一年地站在一片片田地中间，一言不发，但明确地知道自己该做什么，洞悉一切事物，热爱所有人，不怀恶意地吓跑贪吃的鸟类同时保卫粮食丰收。

我走进房间，打开电灯，向窗外望去。现在的月光很明亮，已经看不见月亮上面的斑斑点点。树叶不时微微闪烁着。种植黄瓜和西红柿的温室大棚上的薄膜也发出黯淡的光。图里·席雷奇现在在哪儿呢？根本看不见！

窗户上水汽蒙蒙的，月亮像在天上铺开一根光柱，马路那边传来摩托车发动机轰鸣的声音。

我又跳出了屋门。夜晚的松树树枝慢腾腾地摇摆着，和明月做游戏。寒冷的风打到草堆上。图里·席雷奇大概被哪棵云杉挡住了。看，那不就是它吗？它还在那里纹丝不动地站着。

我从它背后蹑手蹑脚地靠近，弹了一下它的后脑勺。帽子从假人头上滑下来，转了个圈，落到散发着湿气的小路上。图里似乎吓了一大跳。我绕到前边看到它做了个有点粗鲁、有点可怕的鬼脸，又弹了一下它的又冷又滑的鼻子。席雷奇又吃了一惊，赶紧跑开了，脸上带着可怜的微笑。

"你有什么意义？"我一边小声嘟囔着问道，一边从它身上脱下上衣。

"意义？"图里·席雷奇急忙反问我，"什么意义？我有什么意义？"

它无论如何都不想把衬衫还给我，用每一根小树杈拼命勾住。看得出来，它的像干树枝一样的胳膊和腿没力气了，在褪下裤子的时候没有挣扎。在我解开做成假人脑袋的床单时，它的脸抽搐着，眼中充满了责备的神情。

我看了一眼马路，跑进了屋里。满月依旧在窗外慢慢地移动着。我躺在床上辗转反侧，久久不能入睡，在心里想着光秃秃的桦木十字架，那也就是图里·席雷奇最初的样子。真粗心大意！就算有几片叶子落在上面也好。

一大清早，我看见爷爷拿着喷壶在菜园里走来走去，这场景通常只在我的梦里出现。爷爷在草莓跟前弯下腰，脸上浮现出欣慰的表情。他笑呵呵的，由于被太阳晒到而眯缝着眼睛，在走到菜地中间的白桦木十字架跟前的时候停了一下。看样子好像是量了一下木桩的高度，向棚屋走去。

十字架上落满了鸫鸟。它们转着圈飞来飞去，就像一个风向标。鸟儿们抖动尾巴，伸长脖子，稍稍歪着头，似乎是在疑惑着，从哪里来了这么一根木桩，取代了之前的假人，有着很大年纪的图里·席雷奇。

档案室

这个故事里有那么多含混模糊的地方，我甚至不知道该如何讲给大家听。可随着时间流逝，它只会变得更加模糊不清。

然而，即使是黑夜里昏暗的路灯也总有星星点点的亮光。因此请大家允许我慢慢开始讲述，这样在中途才不会太磕磕巴巴。

那是一个秋天，我穿得很多，在一道厚重的皮质大门外徘徊，内心很紧张。我听见女秘书们嗒嗒地打字的声音，她们的手没有一刻离开过打字机，但是脑袋各不相同，一个脑袋比较大，上面戴着一把梳子；另一个脑袋比较小，留着卷发。她们正在讨论着什么。

小时候蹲便盆的时候我一定会画画，捏橡皮泥，或者让爷爷给我读书。"你就像恺撒一样，"爷爷肯定地说，"能做成很多大事！你的前途是无限光明的！"

然而我的前途在哪？它在半路走丢了吗？在那一天我终于等到了它。作为一个不起眼的求职者，我来看看这里招不招收新的工作人员。

"请摘下制帽。"稍大的脑袋吩咐道。

我的制帽是个很好的装饰品。它很特别，毛茸茸的，好像东北虎的皮毛。将它戴在头上给我带来了自信，它默默地支持着我。然而我只能克制住内心的不满，将制帽摘下来。

馆长杜宾金娜白白胖胖的，活像个手工制作的大枕头。她穿着带花边的衣服和皮鞋。粗略地看了我一眼，仿佛在看一件即使买来也没什么用的、早已经过时的商品。

"您被档案室录取了，"她着重强调了"档案室"一词，"担任档案保管员。"

我之前从来没有意识到"档案保管员"一词听起来是如此的优美动听。"建筑师""大司祭"，甚至是"天使长"都被它比下去了。我就像长了一双翅膀，从杜宾金娜面前飞走了。我还不太明白，为什么我能获得如此殊荣。难道真让爷爷说对了？我给爷爷打了个电话。

"祝贺你找到工作！"爷爷说，"档案室，尤其是资料库，是秘密的宝藏、智慧的源泉。你现在是它的守护者了，努力成为一个当之无愧的档案保管员吧。"

那一晚人们把被雨水打得变形的路灯摘下，隔壁医院地下室里的狗叫成了大合唱。仿佛身处炮筒内部的死寂从太平间向外弥漫，太平间看上去不大，被秋天的迷雾笼罩着。

回到家之后，我发现制帽丢了。我不能把它弄丢，绝对要找回来！我回到电话亭里看了一眼，问了女秘书们，还偷偷地观察了周围路人头上戴的帽子，但都一无所获，我的制帽永远地消失了。如果它还在的话，我可能还会有其他的、更好的人生道路吧。

我工作的档案室坐落在地下，在一扇绿色的上了锁的铁门后边，那把锁看上去像个秤砣。渐渐地我了解到，锁的钥匙早就丢失了，大概在二十年以前，在我还没出生的时候。没有人能说清楚到底是怎么回事。杜宾金娜在提到这个问题时也会不耐烦地摆摆手：

"去跟通信员们聊聊吧，在他们那儿没准会打听到什么……"

通信室里有一种家庭的氛围。电水壶、茶杯、玻璃杯、装着方糖的玻璃罐、夹方糖用的小钳子、面包圈、面包干……杂七杂八的东西堆得满满的。到处都是糖果，通信员们把糖果连带糖纸一起放进嘴里，有时把糖纸吐出来、懒得吐出来的时候就直接咽下去。屋里有两个上了年纪的通信员，父称都是伊万内奇。他们用保温桶和提盒从家里带了吃的过来，垫着挂号信吃完了午饭，给信件赋予了温暖和灵魂。

他们愉快地招待了我，对我表示了关心，还有一点点怜悯。

年轻的伊万内奇经常因为信件出问题被停职。而年长的伊万内奇已经不再会为这种事担心了，他弄丢信件，把信件送错地址，除此之外还避免乘坐一切交通工具，只靠自己的两条腿和一双半个世纪之前的鞋，穿上它们就能健步如飞。

这个伊万内奇名字叫安吉尔。他在一个铁箱前停下脚步，铁箱看起来很笨重，紧紧地拧在桌子上，上面还带有一个和绞肉机很像的把手。各种各样的邮件被塞到里面，再拿出来时就已经盖好邮戳，可以准备上路邮寄了。干这件事是一种享受，一边摇着把手，一边感受邮戳和厚厚的信封接触的质感，实在是太惬意了。年长的伊万内奇是如此的兴高采烈，在把所有邮件一个接一个盖完邮戳之后，还往自己的手绢上也盖了一个。这使他的鼻子上也沾到了些许灰蓝色，还有一些形态各异的文字。

我在通信员们那里度过了很长的一段时间，听他们讲了很多关于送信的故事，故事的开头是马拉松。

"通信员，一个愚蠢的德国词。意思就是跑来跑去瞎忙活！而我是不会承认自己是通信员的。"年长的伊万内奇说，"我是信使。我这一代都是信使。在古希腊语中也就是天使的意思。听我说，小宝贝，我们被派遣到各地，还有哪儿是没去过的呢？有时是传递好消息，有时是坏消息。我们在这一次被赠予、被丰盛地款待，而在下一次被打个半死。传递消息，即使在那里面对的是死亡。这就是天使的使命！"

　　和通信员们在一起很舒适，在年长的伊万内奇的保护下，似乎一辈子都可以这样不知不觉、浑浑噩噩地过去。于是我想起要回到自己在地下室的工作岗位上，回到档案室。

　　"算了吧你，小宝贝！忘了档案室吧，"安吉尔·伊万内奇挥动着双手，"虽然我不迷信，但是那儿可不是什么好地方！"

　　伊万内奇对着我的耳朵悄悄说他还记得之前的档案保管员，最最可爱的马内奇·古季洛。他似乎被逮捕了，又好像因为弄丢钥匙被执行了枪决。总而言之，这个人至今下落不明。从那时起，档案室的门一直没再开过。在那儿发生了什么？没有一个人知道。只能听见一些奇怪的声音，像是物品摩擦的沙沙声，又像有人喃喃地说话。从那里传出的声音久久不能停止。

　　我和爷爷商量了一下。

　　"顺着水流游泳最容易。"爷爷说，"但如果我处在你的位置上，我会亲自把锁打开，向所有人证明自己很能干。

别在一道锁面前退缩！"

我请了一个当地修理秤砣的钳工和一个我们院里溜门撬锁的小偷。不出一分钟他们就聚集到档案室的门口了。

"嗯，兄弟，"钳工说，"这种东西我还从来没见过。难道要用炸药炸开吗？"

小偷因为钳工的无能为力有点生气地说道：

"你还能干什么，废物。哪儿能插万能钥匙？你看，把油灯拿过来，这儿写着什么？十六千克！和你比起来我不算文化人，不会修理秤砣……"说着他弹了我的后脑勺，还做了个怪异的动作。

的确，在坚固的钢制门环上一动不动地挂着一个黑色的秤砣，样子看上去稍微有点像一把锁。或许这种事真的存在，随着时间推移，锁逐渐退化，最终变成了秤砣。我坐在墙根努力思考着。但曾经肯定有过一把钥匙！否则最最可爱的马内奇·古季洛就不会被枪决了。没办法，只好去找杜宾金娜，向她汇报一个非常丢脸的情况，就是说，我没法进入工作地点。

正当这时，在地下室里出现了一个跛脚的少年，少年的名字叫乌兰。他抱着一只巨大的家兔，手里还拿着一把可以切割金属的锯子。

"你是档案保管员？没有钥匙就直接把它锯开！"他直截了当地说，"否则的话你一辈子都不会安生。"

我和乌兰过去就见过面。他在实验室工作，那里经常用家兔做实验。有时乌兰一瘸一拐地来到通信室，帮忙转动铁箱的把手，给我们讲那些兔子的故事。讲它们是多么聪明狡猾，能够在地下好几个不同的位置挖洞做窝，它们爱自己的亲人，当发现敌人的时候就用力蹬后腿提醒其他同伴。

"我不明白，"安吉尔·伊万内奇在乌兰走后对我说道，"他为什么是个跛子？没有任何显而易见的原因。难道因为他的眼睛斜视，耳朵长得像香蕉，就连名字也不像个正常的人名。看起来，他是不想参军服役。"

总的来说，我和乌兰之间并没有建立友谊。然而我接过了锯子，把它比在秤砣上，琢磨着我看起来有多迟钝。

"锯吧，舒拉，锯吧！"乌兰在一旁给我加油，"这世上的一切都在循环往复中达到新的和谐，一时的愚蠢在将来也会被看作英勇的。"

秤砣在我的手中变暖，散发出一种类似番茄酱的、酸酸的金属味道。黏糊糊的金属碎屑缓慢滑落下来。我的手颤抖着，心神不定，就好像一个服苦役的人，随时准备着逃跑。

"太好了！进展很顺利！"乌兰安慰我，"接着锯吧，有多大劲使多大劲，我再给你讲讲兔子的故事。"他轻轻地抚摸着怀里那只有着淡蓝色眼睛的、银白色的兔子。兔子支棱起耳朵，安静地靠在乌兰胸前，像一个小孩似的。"这是比利时佛兰德兔！大约有一米长、十公斤重。但最主要的是，它有和其他兔子不同的天赋，它会说话！但是人们却不想听它说的话，还对兔子的语言嗤之以鼻！"

"他们只需要我的血，"我似乎听到了低沉的埋怨声，"用我的血制造这个和那个反应……"

我用余光向身后瞟了一眼，看到了乌兰和佛兰德兔，他们都斜着眼睛看我，竖着耳朵听着我这里的动静。

"要是给我割点新鲜的草吃就好了。"兔子叹了口气。

锯子锯歪了一下，发出了尖锐的声音，就像夜里的鸟叫声一样刺耳。我的眼前仿佛降下了一层密不透风的、用黑纱织成的幕布。一连串东西在上面清晰地闪烁着：档案室和没有钥匙的秤砣、通信员伊万内奇、信使安吉尔、爷爷图里·席雷奇、戴着镣铐的最最可爱的马内奇·古季洛、杜宾金娜、跛脚的乌兰、像比利时人那样说话的佛兰德兔，还有我认识的钳工和小偷。或许是他在后脑勺上弹的那一下太重了，给我造成了轻微脑震荡？

我好不容易渐渐地从乱糟糟的、如铁一般沉重的思绪中返回现实世界。奇怪的是，我躺在了地板上，乌兰正弯腰看着我。那只硕大的兔子蹲在稍远一点的地方，它受到了惊吓，不停眨巴着眼睛。

"来，给我，"乌兰把一块冰冷潮湿的抹布放到我的额头上，说道，"一看就知道，你没锯过秤砣，差点把自己弄残疾了！"

我左手一根手指被缠上了绷带，像个埃及木乃伊。受伤的那根手指孤零零地竖着，还在指着秤砣的方向。

乌兰捡起锯子：

"休息一下，和佛兰德兔聊聊天。我来干会儿活。"

在昏厥之后发生的事情我一件都想不起来。家兔的耳朵一动一动的，鼻子也时不时到处嗅嗅。看得出来它不太好意思先开口说话。于是我们沉默地坐着，看乌兰熟练地锯着秤砣，那架势就像在锯一块木头。

"佛兰德兔告诉过我们门后有什么！"他微笑着说，"你相信吗？这只兔子是个国王，在那里有它小小的王国。"

为什么不信？我这样想着，偷偷地看了一眼家兔。我立刻就相信了！这可要比怀疑这怀疑那容易多了。

我悄悄地咬了几下手指，脑袋变得舒服多了，心里也平静了不少。小小的国王和乌兰就像我亲近的老朋友一样。

突然间，秤砣掉到了地板上。整个房子震动了一下，巨大的秤砣好像一个坚果般裂开了。我期待着从那里飞出一只鸭子，或者跳出一只兔子，给国王佛兰德兔送紧急电报，但掉下来的只有一把不大的双排齿钥匙。

"在哪儿一定有锁孔，"乌兰在门上摸索着，含混不清地说，"被人故意用油漆盖上了。"

佛兰德兔耐不住寂寞，高高地跳了起来，然后又像在家里憋疯了的狗一样在原地打转。过了一会儿它突然回过神来，可能觉得有点不好意思，于是又规规矩矩地坐好，背挺得直直的，耳朵叉开，仿佛坐在自己的王位上。只是不停地眨着眼睛、时不时不安地张大嘴打哈欠。

终于，乌兰从门上抠下了一块漆皮，锁孔显露了出来。我感到从那里传来的气息就像从井底吹出的阴风。

"啊！"兔子大喊了一声，把钥匙递给我。

很难用语言表达，当我把钥匙插进锁孔拧动的时候在想什么。我似乎想起了最最可爱的马内奇·古季洛。钥匙发出一种类似手枪哑火似的噼啪声。大门慢慢地自动打开了，把我拖进了档案室里。

第一眼看到的是档案室墙上贴着的壁纸，上面描绘着松林的早晨、被沙子覆盖的丘陵和生长着低矮灌木的谷地。兔子们喜爱的地方。看，在那灌木底下就有两只，捋着胡子微微笑着。轻风吹拂着草地，松树的树尖左右摇摆。也许这里根本没有什么墙和壁纸！天高云淡，啄木鸟咯咯地啄着干树枝。鸸科头朝下沿着树干滑下，抓挠着树皮。树林里弥漫着湿热的树脂香味。

"这就是档案室！"我听见乌兰感叹道，"秘密的宝藏、智慧的源泉？真见鬼！兔子们的王国！进去看看，或者待在这儿，随你的便。只需要把门打开一点。"乌兰就跟在佛兰德兔后边跑远了，一点都不像一个跛子。

看上去他们缺了我也没什么问题，甚至还更好，所以连头都不回，蹦蹦跳跳地离开了。又有什么关系呢？每个人都有自己的选择。于是我退到档案室门口，关上了门。

一眨眼的工夫我就又把门打开了，我的毛茸茸的虎皮制帽似乎在那一瞬间出现在了我的视野里。它被丢到了灌木丛里，在其中若隐若现。只不过没有和兔子好好地交谈……

我吸了一口地下室发霉的空气。没有窗户的墙边成排地摆放着用劣质木板制成的架子，里面塞满了蓝色的纸卷，就像在洗衣房里发放的那种。许多巨大的黑色的蟑螂穿梭在纸卷中间，发出恶心的沙沙声。这些蟑螂大概从最最可爱的马内奇·古季洛那时就开始有了。然而无论我如何摔门再开门，是突然间打开，还是一点一点地打开，眼前的景象还是一模一样。难道是因为我把蟑螂都惊动了吗？

"哎呀，小宝贝！你怎么跟个无头苍蝇似的乱撞？"安吉尔·伊万内奇吆喝着，急急忙忙向我走来，"我还在琢磨你跑到哪儿去了呢。噢噢，你根本是累得不行了。这个玩意儿对你来说不是锁，就是一个秤砣罢了。"他把耳朵贴到门上，那些该死的蟑螂把里面的一切都弄得沙沙作响。虽说是一些陈年旧事，却一直令人无法平静。

安吉尔·伊万内奇把我架到了通信室。就着糖果和面包干喝了一点茶，我随随便便地写了一份辞职报告，被锯伤的手指一直隐隐作痛。我把报告塞进铁箱，在上面盖了个邮戳，把它拿给了杜宾金娜。愉快地走下三级台阶，我终于重返自由了。

以上大概就是整个故事。

风中的细丝

啊，能够想起你是多么愉快啊，你真是一个很好的人！周围所有人都和你一样好，甚至比你好得多。

曾经我们两个人坐在摇摇晃晃的木板小屋里喝茶，在古老的松树和云杉下观赏夜色。

在那之前，白天的时候，我和我的朋友米佳在菜园里刨土豆。

太阳远远地照射着大地，光线非常柔和。在一片金秋的天空下，几根银色的尼基丝飘去了另外的世界。

被挖出的土豆从铲子里骨碌碌地滚出来，好像咬钩的鱼一样在地上弹起又落下。在农村长大的米佳是一个刨土豆的能手，他清楚地知道在哪里下铲不会把土豆铲坏。米佳捡起一个土豆，轻轻地抚摩着，然后还用鼻子闻了一下，仿佛手里拿着的不是土豆而是某种水果。他的眼中辉映出同样的银色细丝，被风吹得很远很远。米佳想起了他第一次从农村进城看病，在医院里尝到过的肉饼。多么美味啊，这些医院里卖的肉饼！他写了一本关于肉饼的书，还想再写一个续集，但是他还在犹豫，是不是写关于土豆的书更好。

与此同时，我身强力壮的爷爷图里·席雷奇，也就是种下这片土豆的人，同时也是许多厚厚的军事书籍的作者，正在木板小屋里一边做饭一边等我们回来。

刨完土豆，我们都累得够呛，坐到饭桌旁准备吃饭的时候才真正松了口气，像刚刚结束一场战斗的勇士们。毫无疑问，我们喝了酒。但这不只是简单的喝酒，而是一件永恒的事业。

我第一次感受到了在地里劳作时我和米佳之间如兄弟般的感情，这种关系比血缘关系更加密切。

图里·席雷奇像一个古代的说书人，不徐不疾地给我们讲述记忆中关于前线和战役的故事，然后又非常自然地把话题转到蔬菜栽培和给土豆除害虫上。米佳讲了自己过去一份意料之外的工作，在大剧院里；讲了和普里谢茨卡娅的结识，并且按照她的要求制作了一个专用的小凳子。他们的话语情真意切，触动了我的灵魂，仿佛那几根银色的细丝，在秋天的阳光下飘向了未知的远方。

天色在不知不觉间变暗。当我们准备喝茶的时候，我突然发现自己是如此热爱这一切，包括爷爷图里·席雷奇、米佳、带着叶子的土豆、普里谢茨卡娅，甚至还有那个小凳子。

"你啊，米秋沙，一定得写这个凳子的事，要不然我饶不了你！"图里·席雷奇晃着手指，装作威胁的样子，"写一个短篇小说，中篇小说就更好了！你是一名真正的作家，你知道该写什么，该怎么写。"

"您说什么呢，"米佳像吃了最喜爱的肉饼一样，柔声说道，"要说咱们这里谁是作家的话，您才当之无愧！咱们的土豆，谢天谢地，也是最棒的！简直就跟《战争与和平》一样！"

"唉，《战争与和平》。"图里·席雷奇叹了口气，"如果没有马铃薯甲虫的话，倒还是有可能写出点什么类似的。老得没完没了地和它们较劲。真该死！"爷爷朝窗户那边挥了一下手，窗户玻璃上反映出我们三个人的身影。我们和睦地坐在摇摇晃晃的木板小屋里，窗外的松树和云杉黑漆漆的，一丝光亮都没有。因此，我们看起来就像身处在一个十分稳固的空间里。然而在这个世界上没有什么是经久不变的……

"马铃薯甲虫和科罗拉多有什么关系①，它为什么叫这

―――――――――

① 俄语中，"马铃薯甲虫"被称为"科罗拉多甲虫"。

个名字？"我问道，努力在心中激发出些许对这种小虫子的不快，尽管只是随便装个样子。

图里·席雷奇猛地一抖，像是被茶水烫到了。

"为什么？那是因为美国人把它散播到了咱们的田里！他们在科罗拉多培育了这些虫，为的就是在这里让它们繁殖滋生。从那时候起国家的覆灭就已经开始了。"

"原来如此，原来如此！"米佳也激动起来，"当自己已经走到头了的时候，为什么要去责怪别人呢？"

"自己？"爷爷有点警惕地问，"走到头了？"

我还没来得及搞清楚我们之间的平静的小溪将要流向哪个方向，前面会遇到乱石还是瀑布，一切突然急转直下。仿佛一个被倒过来的沙漏，沙子纷纷落向另一端，落入了一片虚空中。

图里·席雷奇的脸明显地拉长了，他服帖的白发变得发黄，还有些微微颤动。

"也就是说，我们所做的一切就是搞垮国家、损害国家吗？难道是这样吗！"

"从结果看来，的确是这样。"米佳紧紧地盯着一个空杯子，回答说。

"是谁？"图里·席雷奇差点没喘过气，"在我的屋子里别拐弯抹角的！照直说，是谁把国家搞垮了？"

米佳的性格既像农村人，又像城市人，两种性格特征混在一起，变幻不定，简直就像一台阿尔巴特街上的割草机。他一定马上就会说的，我想。苦恼地看着宁静的夜空，我迅速想出一个好办法，建议道：

"咱们再去刨会儿土豆吧！看啊，月亮升起来了……"

图里·席雷奇还没有消气，匆匆地将视线投向了满月。或许在爷爷眼中，此刻的月亮也是可憎的，因为它曾被美国的宇宙飞船破坏过。接着他转向了我。

"你知道究竟是谁吗？你这家伙，就是一个在风中乱晃的蜘蛛网。"

这句话给我造成了强烈的冲击，如钉子般扎进我的心里。一时半会儿想象不出那样的场景。我知道，爷爷说的不是那几根银色的尼基丝。他指的是另一种东西，肮脏、破烂、布满灰尘的蜘蛛网，上面还沾着几只死苍蝇，在阴暗的角落里被穿堂风吹得晃悠。

米佳看起来也同意了爷爷的说法，他使劲嚼着小面包圈，小口喝着第三杯茶，对我视而不见，就好像我们从没一起刨过土豆。

我走出了坐落在松树和云杉下、不牢固的木板小屋，感到自己就像一个风中的蜘蛛网，摇摇晃晃……

其实说起来身强力壮的爷爷图里·席雷奇哪一点最好？已经全都写过了，在核战争时巧妙地躲开了原子弹的爆炸。而米佳呢？一个会做肉饼和凳子的讨厌鬼。还有普里谢茨卡娅，恐怕也不是什么好东西。嗯，那个凳子呢，就是个破烂玩意儿吧。

愿他早日升入天堂

我的爷爷只在公园里放屁。比如说，我还记得我们在国民经济成就展览馆游玩的时候，无意间走到了一条荒芜僻静的林荫路上。

"瞧，现在可以了。"他环顾四周，放了个很响的屁，旁边树上的乌鸦都惊得飞了起来。"为了不压迫身体内部各个脏器，应该把气体释放出来。这就像自然界的火山爆发一样！但人类应当管好自己的这一行为，在不得不克制的时候必须忍住，比如在地铁或者公共汽车里。"

我觉得非常尴尬，因为实在没法同意爷爷的观点。假如我能和爷爷保持一致的话，爷爷对我的态度可能会更亲切一点。在我看来，我和爷爷之间关系的疏远正是从国民经济成就展览馆开始的。

他没有名字。我未必管他叫过"爷爷"，恐怕一次都没有，这个称呼一点都不适合他。而他的名字和父称"图里·席雷奇"也不是很合适，作为孙子使用这种称呼实在有点傻。在不知道该如何称呼他的时候，我都直接称呼"你"。古代人也是如此，出于敬畏而不直接说出上帝的名字。

他做的一切都是严厉和正确的。也许会有他不喜欢的规则，但他也会遵守，为的是给其他人做表率，向别人展示应该怎样做。他知道自己的每一步有几厘米长。他知道从家到有轨电车站一共走几步、心脏跳几下，数字永远都是精确的。难怪他在少年时代学习世界语的时候曾给自己起了一个有异国风情的名字，或者说是笔名，"沃尔斯基·普恩克图阿尔"。并且用这个名字给《劳动权力》报写一些简讯。

他很少有做不成事的时候。就我所知，他仅仅有过不超过三个疏漏，如果它们可以被称为疏漏的话。

童年时他很害怕高的地方。并且，毫无疑问，他想摆脱这个弱点。于是他来到一座在国内战争后废弃的无人工厂，顺着铁梯爬上砖砌的大烟囱。在四十米的高空，烟囱被风吹得摇晃，幅度很大。他就在那里坐下读课文。

最终，他已经完全习惯了高处，于是读着读着就在烟囱的最高处躺了下来。在温暖的春日里，阳光晒得浑身软绵绵，他就那样睡着了。等他再次睁开眼睛的时候，他突然反应过来自己干了什么。面前出现了一个漆黑的无底洞，嘈杂的声音在身边响个不停，似乎想把他拖下去。他的双腿无力地哆嗦着，一个动作不小心的话，这个世界上大概就没有给我们挑错的人了……

他不记得自己是怎么下来的。那本关于密探平克顿的书就那样原封不动地被留在原地，没有足够的意志支持他爬回去。幸运的是，当他终于鼓足勇气时，一阵疾风把平克顿吹了起来，可怜的书在一片蔚蓝的空中翻飞了大约五分钟，然后像一只被射中的鸽子一样栽了下去。

稍晚一些，在二十年代的时候，他曾经和蒙昧主义、智力教育缺乏以及由于对自然现象的不理解而造成的理智衰退进行过斗争。

他在《劳动权力》报上解释道，一切的疾病，例如刺痛、抽搐、挫伤、癫痫和一些传染性的不良情绪等，不是毒眼或者妖魔鬼怪造成的，其真正的源头是微生物和细菌。无论是那些神婆、巫医、法师之类的人，还是诸如喷洒仙水、念咒语、用燃烧的绳子缠绕患处、在十条河里取的水中洗澡、挥动鞭子之类的做法都起不到任何作用。用食指治好牙疼是不可能的，他写道，除非手指上涂了专门的麻醉药膏。够一个人花上一辈子的破不开的银卢布，和一些游手好闲诡计多端的人编的故事没什么区别。

看了他写的东西后，有人往报社寄了一封信。信中是这样写的："您总是写文章证明那些超自然现象不存在。但是在我们这里的维亚特卡公墓午夜时分经常有幽灵出没。谁看到了幽灵，谁就会一直不停地打嗝。要想治好打嗝只能舔一舔掺了草木灰的热盐，同时喝一小口马奶，还需要一些遇难者字迹不清的签名。"

应当驱除人们观念中的幽灵，这种在黑暗中闪现的鬼火，可以将它们解释为类似于沼气的一种自然现象。而打嗝很显然是由于惊吓造成的。

就在当天晚上，他随身带着火柴和以防万一的左轮手枪，前往了维亚特卡公墓。午夜降临了，墓地里一片寂静，只能听到蚊子嗡嗡的叫声。天空中没有月亮，下起了一点小雨。

真是一个蚊子肆虐的夜晚！他想起了一句谚语："神父为死者歌咏，而蚊子为生者吟唱。"

他迈着坚定的步伐沿着踩实的小路前进，思考着究竟是什么样的妖魔鬼怪把这封信的作者们吸引到墓地，以及一个思维健全的人在一片黑暗里能干些什么。没过多长时间，他已经觉得不耐烦了，想回去再写一篇讽刺幽灵和鬼魂这些无稽之谈的小文章，抨击一下旧社会的遗毒。就在这时，旧社会的遗毒真真切切地出现在了他的眼前。一个模模糊糊的、长着花斑的人形，既不是固体，也不是气体，而是一种类似牛肉冻的东西，还向外散发着寒气。

他吓得呆在了原地，急忙像猎人一样屏住呼吸。人形穿过栅栏和十字形的墓碑，被吸引到一旁。他想大喊一句："站住！否则就开枪了！"但突如其来的想要打嗝的感觉把嗓子噎住了。打嗝打得上气不接下气，跟心脏病发作一个样。过了一阵终于可以勉强说出话来，但还是不停地打嗝、打嗝。他先拜了费多特，拜完费多特拜雅科夫，拜完雅科夫……随便什么人吧。一点用都没有。勉勉强强念了三遍圣母，但还是徒劳无功。

回家的路上他把五个街区的人都吵醒了。一群流浪狗也

不甘落后，它们就像追野猪似的追赶着他。第二天傍晚，他
已经被打嗝折磨了将近一天，由于羞愧满脸通红、眼泪流个
不停。他在一个僻静的角落舔了掺了草木灰的热盐，喝了一
小口马奶。打嗝突然停止了，就像从来没发生过一样，但是
烦恼却没有消失，像一块石头一样压在他心上。好几次他从
床头柜里拿出左轮手枪抵在自己脑袋上，好像想把这个不愉
快的经历从脑海里抹杀。

　　他不知道可以把自己的墓地经历故事投稿到哪家报纸，
一定得有科学解释。就在 2 月 23 日苏联建军节，别人赠送了
他一本杂志。顺便一提，其中有关于蚊子的文章。在这篇文
章里他认识了各种各样的蚊子，例如蠓、大蚊虫、摇蚊、舞虻等，
还了解到了很多有关蚊子的有趣的细节。原来，舞虻喜欢在
潮湿的夜里聚集，大量成群的舞虻在一起组成了各种各样的
形态，有像柱子的，甚至还有像人体的。

　　心中的石头终于落地了，一下子轻松了好多！原来就是
一群蚊子。除此之外还有什么？没什么可奇怪的，一种叫作
舞虻的虫子罢了！自己也能猜个八九不离十，那天夜里的确
有很多蚊子。而打嗝又是怎么回事？什么打嗝，在突然间屏
住呼吸的时候每个人都会这样。

在那之后他学会了正确的呼吸方法。因此，在我的记忆中，他仅仅打过那唯一的一次嗝。2 月 23 日成为了他的生日，尽管按照旧历他实际上是在 21 日出生的。

然而，还有一个微小的疑惑没有得到解答，就像一条小蛆虫。过了很多年，他在一个大圆桶里养了很多舞虻，想彻底验证一下杂志里的说法是否正确。舞虻不出所料地聚集在了一起，但也许由于是在花园，而不是在墓地，它们并没有组成类似人的形态。在那段时间没有人敢来我家偷苹果，大家甚至都绕开我家花园，因为那里有那么多凶猛的吸血蚊子。

战后的某一天，他在上班途中的有轨电车里被小偷偷了。在他毫无察觉的时候，钱包和里边的钱被掏走了。当然，他感到极度懊恼，不是因为钱丢了，而是不满自己像个缺心眼一样被偷个精光这件事。于是，他决定开始自己抓那个偷了他钱包的小偷。为了成功实施计划需要像往常一样乘坐有轨电车上班，还穿着和之前一样的外衣，口袋里装着新钱包，而这一次在钱包里放着的不是钱而是支票，目的是提高自身对于小偷的吸引力，从而把小偷抓个现行后扭送警察局。

过了一个星期，钱包却安然无恙。或者是小偷凭借敏锐的犯罪嗅觉察觉到了他的埋伏，临时更换了乘车线路；或者是连续偷窃同一个人不符合小偷的原则；又或者小偷只是单纯地怀疑在钱包里一共只有三卢布，而实际上也正是这样。

用一句话来说，他的计划没有成功，这使他无法忍受。于是他穿上了一件崭新漂亮的西装，将钱包塞得满满的，努力装出一副吊儿郎当的表情。好极了，计划终于顺利完成。然而他沉浸于扮演的笨蛋角色中，太过投入不能自拔，结果不仅坐过了站，而且上班也迟到了，因为没钱买票。上衣口袋里空了，还破了个窟窿，而他又从来没有逃过票。这是他一生中第一次也是唯一一次迟到。这件事一直折磨着他，使他良心不安，甚至完全忘记了小偷的事。和迟到相比，不能成为密探平克顿真是一件鸡毛蒜皮的小事啊！

为了能够回家，他不得不向别人借了三戈比买票。有轨电车富有节奏地摇着，从车底传出的有规律的哐啷声像一首催眠曲，使人直想打瞌睡。大部分乘客都坐着打盹儿。他没有座位，只好疲惫地闭上眼睛站着。需要说明的是，他的眼睑极薄，简直可以透光，因此在没有戴一种类似马遮眼的黑色眼罩时总是睡得不好。

电车里已经开了灯，车厢里充满了温暖的黄色灯光。他透过眼皮看见了一个模模糊糊的、长着花斑的人影，和在墓地里看到的那个很像。那个像牛肉冻一样的人影径直走到他跟前，断断续续地发出呼哧呼哧的声音，看上去很像一个女人。突然，另一个更加模糊的人影从侧面贴了过来，弯下腰从座位里取出了某样东西。

他猛地睁开眼睛，把正在实施盗窃行为的人逮了个正着。被当场抓住的小偷正在轻手轻脚地从一位女士的包里掏出钱夹，手法就像牡蛎一样，十分轻柔。

有一瞬间他在心里对这名小偷表示了赞赏，因为他这个人看重一切手艺活。但他没有犹豫，当机立断地揪住了小偷的领子，像提拉一只淘气的猫似的，把小偷从木质地板上提拉起来。这是他从很久以前就梦寐以求的一幕。

那个小偷一开始也蒙了，不知道自己是怎么把一件已经到手的事搞砸的。然而他很快就回过神来，把钱夹扔在地上，开始装傻充愣。他全身抽搐、大声号叫、沥沥拉拉地流哈喇子，甚至还预言世界马上就要灭亡。

这个小偷还真不简单，他似乎有一种能把人迷得神魂颠倒的魔力。整节车厢里的乘客都被他俘虏了，连司机也不例外。所有人都站到了小偷那边，他们满腔怒火地向爷爷施加压力，没有给爷爷留下任何解释的余地。就这样，爷爷不得不做出让步，不管愿意不愿意。

还有更甚者要求他出示证件。一气之下，他走出这趟搭载了一堆疯子的有轨电车，虽然还没坐几站。紧接着第二天上班他就更换了乘车路线。尽管路上的时间延长了，长了十二分十五秒，但是也好过之前的那趟有轨电车，他一眼都不想再看到它。

他在"邮箱"工作，担任技术检查科科长。在我很小的时候一直觉得他的工作非常好笑。因为在我家的栅栏上挂着一个木头信箱，正是他和他的同事们把它钉在那里的。从有这个信箱以来，就连一份报纸、一封信都没来过。只有一只戴着小红帽的孤独的啄木鸟住在那里。我曾经不知为何一本正经地想象过它是如何戴着红色的帽子和黑色的套袖，一整天一动不动地、端正地坐在同样端正的信箱里的。

其实，他十分适合质量检查的工作。总是一点一点地考验着所有人，而我也在被考验者之列。当我们拆除乡下的旧棚屋的时候，院子里的木板堆成了一座黑压压的、无法逾越的山，上面钉着无数根弯曲生锈的钉子。他朝我走来，手里拿着重得像撬棍一样的拔钉钳，简短地命令道：

"把钉子拔出来，弄直，然后收到仓库里。每根钉子五戈比。"

这真是一个慷慨的教育手段。处理过的钉子足够买一辆新自行车了。然而我只拔了两个，凑够买冰淇淋的钱，找他结完账以后就跑出去踢足球了。我觉得他就是从那时起对我变得漠不关心了。

在那之后，在一个干燥而温和的秋天，树叶变得稀疏的时候。篱笆门旁边的接骨木丛中露出了一个装着好多瓶子的大口袋，似乎有人把它藏在了那里。我在冥冥之中感觉到那个口袋似乎在召唤着我。

大口袋和我差不多高，相当沉重，被瓶颈和瓶底撑得鼓胀起来，样子看上去很讨厌。我只能将将把它抬离地面，因而无论如何都没法拖着它跨过小溪，穿过集体农庄土地，经过防治所和合作社商店旁，最终把它送到玻璃制品的回收点卖钱。更何况那儿一年中大部分时间都在关门清点。

"没错！这个口袋是你藏在这里的，在你积蓄了足够的力量之前就准备那么一直藏着。"他观察着我的表情说道，很快就下定结论，并且不打算改变自己的想法，"有什么可抵赖的呢？你想偷偷地卖瓶子大赚一笔吧。但是你可得想好了，这里没有特别穷的人。直接说实话。"

　　他一口咬定我撒了谎，并且还愚蠢地、毫无意义地拒不承认。我不知道该用什么样的词语撼动他的堡垒。那样的词语似乎从头到尾都不存在。于是我建议他对我使用测谎仪。

　　"测谎仪？"他不悦地轻笑了一声，"你倒是能骗得过它，但是休想骗过我！"说着他把口袋扛到了肩上，把它放置在屋子附近。

　　这个装满瓶子的口袋被他放在了台阶旁边，一个很显眼的地方。它在那里摆了很长时间，无论风霜雨雪都岿然不动，等待我积蓄足够的力量。

　　在一个灰蒙蒙的阴天我把那个口袋搬到大车上，运到了玻璃制品回收点，但那里根本什么都没有，是被拆了吗？没办法，我只能把口袋扔到沟里。

　　回家的途中太阳出来了，天刚刚有点放晴。我终于明白了这一切是怎么回事。我想起自己是如何一个一个捡来瓶子，把它们塞到口袋里，一路上拖着沉重的口袋，把沿途的小草都压扁了。在我身后，蒲公英的种子被风吹起。接着我把它藏到了灌木丛中，然后把这件事忘得一干二净，在他问起的时候斩钉截铁地否认。

　　他什么都知道，什么都看得到。我做的一切都逃不过他警觉的眼睛，只是他希望我亲口承认。

究竟他是不是这么想的并不重要，但毫无疑问的是，他已经对我不抱任何希望了。而在荷包蛋土豆事件之后，他完完全全地放弃了我。

他不是大厨，但是也会随便做点什么，比如汤、主菜、甜点什么的。他最拿手的菜是荷包蛋配土豆和炸土豆配鸡蛋。这两道菜之间的差别很细微。他总是看着人吃他做的东西，问能不能尝出区别，是否喜欢。也就是说不能不喜欢。因为他期待的答案只有两种：非常喜欢和非常非常喜欢。

"馋得舔手指头了吧？"他问。如果真的有人舔手指的话，他会发自内心地高兴。

我还记得，当我急着赶赴人生中最初几次约会中的某一次时，他把刚做好的一平底锅土豆和炒鸡蛋放到了桌上。锅是直接从炉灶上拿下来的，还很烫。我的心早已经飘到离这个平底锅很远的地方去了。我在思索着怎么穿衣服才更好看，要不要管他借一下他的鹿羔皮帽子。

我狼吞虎咽地吃着，全然忘记了食物的意义，这已经违反了宗教戒条。他平静地看着我吞咽着他做的饭，目光充满善意，看上去他似乎很满足。我甚至还舔了舔手指，然后鼓起勇气向他借了帽子。

"谢谢！"我一边吞下最后一块土豆，一边呜呜囔囔地说。

就在那一刻，我发现他的目光变得像生铁一般沉重而黯淡，就像桌上已经空了的平底锅。

"不用谢！"他生硬地回答道，"我做的是两个人的饭。但是你倒好，只想着自己吃饱。"

我感到十分窘迫，不知所措地站在原地，像一个溏心鸡蛋。突然之间，我仿佛变成了一个圆，无论横着竖着都是错的，没有任何辩解的余地和可以减轻处罚的情节。借帽子的事也彻底没戏了，约会本身也被丢到了一个犄角旮旯的地方，毫无用处，就像我自己一样。

在这之前我从来没想过自杀，可贪婪地吃掉整个平底锅里的食物这件事实在太糟糕，我甚至想结束自己的生命。当然，这种想法只持续了一分钟，然后我就冷静下来了。然而假如他的左轮手枪当时落到我手里的话，我可能会因为一时冲动向自己脑袋上开枪。

我那时是多么的羞愧难当啊！最主要的是，无论我做什么这个错误都无法挽回。也许只有忘记才是最好的选择。但令人沮丧的是，这件事我直到现在都无法忘怀。

他是在墓地里去世的，在同团战友的葬礼上。

"最后的一批人也快走了。"他说。

他突然觉得胸闷，呼哧呼哧地大口喘气，打了个嗝，脸变青了。

或许，当他飞快地坠入烟囱中黑暗的深渊时，在他眼前像走马灯似的回放着一生中的各个片段：有那辆有轨电车和在电车上遇到的预言家小偷，有由无数蚊子组成的幽灵，有国民经济成就展览馆，有生锈的钉子，有哈特·平克顿[①]，还有许许多多我想象不出来的其他场景……

又一个上帝的结在一瞬间松开了。

在他死后只留下一个公文夹，里边放着各种证件、证明和证书。其中有伏罗希洛夫级射手达标证明、在村里安装第一批无线电站证明、徒步穿越乌苏里原始森林证明、装甲学院毕业证书、在桑多梅日进攻基地强渡维斯瓦河军事行动中的负伤证明、获得勋章、奖牌和退休金证明。

在这些证书和证明中间有两张1921年的化验单——一份验血单和一份验尿单。所有指标都处于正常范围内。希望现在也是一样。愿他早日升入天堂，获得安宁。

---

① 哈特·平克顿：20世纪初美国的文学形象，侦探之王，风靡欧美。

永冻土

第一个词

"菜汤"是我人生中学会说的第一个词。

可能在这之前我也能咿咿呀呀地发出些含糊不清的声音,但在保姆单调的日常言语中,"菜汤"这个词出现的频率实在是太高,于是我也就在不知不觉中学会了。

"亲爱的小宝贝!"她十分高兴,"别急,我现在就热一下。"

从那时起,这个"菜汤"就一直缠着我不放。在我很小的时候,第一个学会的词还没有令我感到十分痛苦,尽管我数不清自己有多少次被喂菜汤喂得快要撑死。然而与此正好相反,爸爸经常在客人们面前炫耀:

"只有真正的俄国人才会这样!有句话说得好,菜汤可以拯救世界……我认识一个人,在摇篮里脱口而出的第一个词是'屎粑粑',我都不好意思提他,可想而知他的人生是多么悲惨。"

在那段慢悠悠的时光中,每一天仿佛都很长很长。显而易见,我从没有考虑过有关命运的问题。在我心中一直有一个朦胧的幻想，幻想着自己是一个全民崇拜的英雄，就像米宁和波扎尔斯基那样。

有一天姑姑来我家做客，她有一个和猫一样的名字木霞。此外，她的脾气也很像一只家猫。

"侄儿！"她重重地弹了一下我的鼻子，"你以后想当什么？"

"想当给猫剥皮的猫贩子！"我不假思索地做出了结论，然而却委婉地回答道：

"我想成为一个大家都喜欢的人。"

"太棒了！"木霞姑姑装腔作势地赞叹道，"能不能告诉我一下，你学会说的第一个词是什么呢？"

没有什么可隐瞒的，我回答说：

"菜汤！"

就从这一刻起，我少年时代的痛苦经历拉开了序幕。

木霞姑姑忍不住扑哧笑了一声，她的尾巴（哦，我记不清那时是不是有一条尾巴），总之，她的尾巴轻轻地在地板上扫来扫去。

"菜汤！真是棒极了！"她跳到沙发上，用各种不同的腔调重复着"菜汤"这个词，好像她说的不是"菜汤"而是

"寻找"。"我可以肯定地告诉你，亲爱的，你以后一定能在厨房里、戴着厨师帽，成为一个大家都喜欢的人。你命中注定要成为一个厨师，制作饺子、馅饼和小圆面包。当然了，还有菜汤。"

她绿色的眼睛闪闪发亮，似乎对自己的预言深信不疑。起初，姑姑给我划定的必然的未来蒙蔽住了我的双眼，即使它还只是一个浅浅的影子。我想象着自己面前堆着一排排饺子、馅饼和小圆面包的场景，差点晕过去。

"得了，"木霞说，"别难过。你会成为军舰上的厨师。或者厨师里的将军——厨师长。"

"难道没有别的可能性吗？"我还没回过神来，呆呆地问道。

姑姑叹了口气，摊开双手：

"是命中注定的……"她低声地说，像一只打着呼噜的猫。"你能想象吗，我第一个学会说的词语是'喵'。更有意思的是，第二个词是'呜'！所以我现在才成为了一个兽医，偏重方向也是猫。第一个词决定了人生的全部。亲爱的宝贝，你是无法违逆命运的。"

自己无法避免的命运使我备受打击，我的人生似乎只剩下这一条道路，然而这唯一的一条路还不知可以通向哪里，哪里都去不了吧。压得我喘不过气来的并不是我注定成为一个厨师这件事，而是无论如何挣扎都无法违逆命运，无论愿意或者不愿意。

"寻找！"我的脑海里突然响起了木霞姑姑曾经念叨过的词语。然而请问应该寻找什么呢？"菜汤"充其量不过是"菜汤"。

和我比起来，别人学会说的第一个词要好得多，比如"沙发""农妇""长矛"之类的。隔壁单元门的一个小姑娘更加与众不同，在她刚刚会转动舌头的时候就清清楚楚地说出了"将军"这个词。

我的"菜汤"是多么屈辱啊！我在聊天的时候开始不由自主地放低声音，避开朋友们，连走路都贴着墙溜边。如何改变生来就已经注定的命运，有没有这样的可能性，我没日没夜地想着。

"你有什么可难过的？"爸爸疑惑不解地问我，"'菜汤'是一个非常好的词！而且你应该知道，咱们的保姆从很久以前开始就有点聋。她甚至不确定我的第一个词是什么，可能是'方向盘'，可能是'卢布'。你觉得，没有明确的目标活着很轻松吗？"

我跑去找了我家的保姆：

"可能你没听完整吧？我的第一个词或许不是'菜汤'，而是'盾牌'？又或者你只听到了一小部分，我说的是'黑猩猩'吧？"

"愿上帝保佑你，亲爱的，什么一小部分？"她看上去很高兴，"我一进卧室，就听见你念叨着'菜汤'！我听得一清二楚，还想着要不要再喂你喝一点。你说着说着就睡着了，嘴边还沾着菜汤，亲爱的。那场景我现在还记忆犹新。"

最后的希望也泡汤了。我能做的只有为自己无可救药的一生号啕大哭。我甚至还想象出了根据学会说的第一个词升学、求职的画面。"请问，您人生中的第一个词是什么？"面试官突然问道。谁会想和一个不假思索地说出"菜汤"的人共事呢？

一切都取决于第一个词。它在世界产生的最初就已经存在，并且创造出了许多……只有上帝才知道的事物。有税吏，有面包师傅，有结束，也有开始。

我在一个美妙的早晨醒了过来。起初我不明白为什么这个早晨这么美妙，于是我一边躺着消磨时间，一边回想梦里发生的事。在那一瞬间我恍然大悟，保姆果然只听到了词的一丁点。当她走进来的时候，我正好刚要说完整个词语！我的第一个词是有分量的，它由好几个音节和一连串字母组成。在初次面对这一世复杂的人生时，我显然想说的是一些很重要的有关上一世的事情。于是我因为筋疲力尽睡着了。

然后突然振奋地说出："同——志——们——！"

一点没错！

"同志们！"我扯着脖子大喊着，仿佛获得了重生。在那个阳光明媚的、静谧的、美妙的早晨。

爸妈和保姆还没睡醒，听见我的叫声吓了一跳，都跑来我面前。

"不是'菜汤'！"我大喊道，"是'同志们'！"

接下来，唉，没有什么可说的。关于上一世，还是关于这一世获得的新生，我的脑子里还是一片空白。

"亲爱的同志们，"我又变得垂头丧气了，"这次我的命运之书上写的又是什么呢？"

永冻土

过去在我们的小城市里有某些东西很缺乏，这是肯定的。

嗯，比如说街头时钟。不如说它们根本就没有。

而且也没什么纪念碑。唯——座纪念碑坐落在中心广场，上面的人伸出一只手臂，于是城市居民就通过胳膊投射在地面上的影子确定时间。早上，影子精确地投在食品商店门口，于是门立刻就敞开了。而到了傍晚，当影子指向市参议会的时候，一天的工作就结束了。市民们每天的生活不是靠时钟，而是靠手来安排。万幸的是我们这儿一年中大部分时间都是晴天，除了持续一个月的雨季。因此在雨季的时候，时间就仿佛真的停滞了一般。

实际上没有人对此有任何抱怨，因为有很多其他的东西处于过剩状态。就从永冻土开始说起吧，我们的小城市地下有着厚达三百米的永冻土层，这些永冻土已经有数百万年的历史了，在大冰期这片区域的一切都被封冻起来。夏天来到的时候，土地微微解冻。当你挖掘蠕虫挖得正起劲的时候，在不经意间鼻子变红，双手也被冻僵了。这是从土坑里钻出的冬天的严寒气息。

永冻土的位置不是一成不变的，它也会移动。有时候不知道从哪儿突然冒出一个结冰的小土丘，总是会从底下把房子顶起来，看上去就像一顶戴歪了的帽子。然而没有人离开这样的房子，因为没有其他可以住的地方，就这样凑合歪着住吧！

出于某种原因，一些违法乱纪者正好就住在这样的房子里。地段警察费多尔·楚尔将所有这些有嫌疑的居民都记录在一个特殊的本子上，上面还采集了每个居民的指纹和脚印。

当一个人居住在永冻土上时，还有没有必要考虑眼前发生的事情甚至是时间本身？在我看来未必。但终究还是有一些人对这个问题进行了思考和推论。

"在这个世界上没有什么是永恒的！"动物学家沃尔科达夫断言，"气温在不断升高，两极的冰川正在融化，所以咱们这儿的永冻土也早晚都会后退，甚至融化消失的。"

"咱们活着的时候是见不到了。"木霞姑姑叹了一口气。

"咱们见不到，真是太好了！"动物学家安慰道，"因为永冻土融化会出现成片的沼泽。"

于是，在城市里掀起了一场争论，争论的焦点是永冻土和沼泽哪个更好。甚至还出现了两个党派：永冻土党和沼泽党。保守主义者和无政府主义者。前者的创建者是市参议长亚历山大·拉吉舍夫[①]，后者的领导则是船夫、马达工斯乔普卡·拉辛。

需要说明的是，以上几个故事中出现的姓氏在我们的小城市里都不是很典型。洪亮的、在历史上著名的斯拉夫姓氏占据了四分之三。这是因为这里独特的旧时遗俗，就像永冻土一样。俄罗斯族人来到这里的时候，他们做的第一件事就是给当地的民族洗礼，并且以东正教的一些名人的姓名命名，省去了起名的时间。

就这样，在我们宁静的小城市里生活着汽车司机米哈伊罗·罗蒙诺索夫和会计加夫里拉·杰尔查文。亚历山大·苏沃洛夫在消防站工作，而丹尼斯·冯维辛是食品商店的店长。伊万·克雷洛夫是一个坐轮椅的残疾人。但尼古拉·卡拉姆辛，一个图书管理员，果真撰写了城市的历史。根据他的研究结果，原来我们的城市奠基者是帖木儿。

完全没有必要在这里长篇大论！只要打开一本七年级的

[①] 下文出现的许多姓是俄罗斯历史名人的姓，例如，拉吉舍夫是俄罗斯思想家、作家；拉辛是农民战争领袖；杰尔查文是诗人；罗蒙诺索夫是科学家、诗人、现代标准俄语奠基人；苏沃洛夫是军事家，等等。

俄罗斯历史教科书，你就会发现那里全都是我们的老乡。

一些著名起义首领的姓氏出现频率也很高。我十分好奇，为什么他们通常都住在那些被永冻土顶歪的房子里。

这里有许多拉辛，普加乔夫也有几打，年轻的叶梅利卡在我们的学校念书。还有某个帕夫柳克，在教科书里可能只是一笔带过，一行都占不了。几个波洛特尼科夫，其中的一个叫伊万·伊萨伊奇，他和那个差点一把火烧了莫斯科，之后被弄瞎眼睛投水淹死的人完全同名。而如今的这个波洛特尼科夫也可以组织一个同名的党派，但不会重复历史上的那个人曾经做过的事。原因很简单，因为他在毫不妥协的拉吉舍夫领导的市参议院工作。

和有着这些姓氏的人们一起生活很奇怪。在我们的脚下不仅有冻结的土地，就好像连时间都凝固了，如在太阳的照射下闪闪发光的冬天的空气一般。突然，带刺的冰川断裂带轰的一声不知从哪里探出，那形状看起来又像一个圆圈，又像一个螺旋柱。

一切都混在一起，变得乱七八糟。曾经有过一阵子，在我可能还没出生的时候。那时其他地方的人生活在另一段柔软光滑、温暖舒适的时光里，就像一个蝴蝶茧一样。黄色的风在头顶上很高的地方呼啸着。我的时光也仿佛蜂蜜一般，甜美而浓郁，那段时光是永恒的。一分一秒缓缓地、缓缓地滴落，就像炎热的七月里渗出的松脂。

有关市参议长亚历山大·拉吉舍夫的事情我也知道一些。他是那个亚历山大·尼古拉耶维奇·拉吉舍夫的直系后裔。由于祖先拉吉舍夫是一个仇视沙皇者，因此叶卡捷琳娜二世将他流放到西伯利亚这一片永远封冻的土地上。

"一群贪婪的野兽！"当请愿者们来到市参议会的时候，我们的拉吉舍夫大喊，"贪得无厌的寄生虫！"

许多人认为那个写了《从彼得堡到莫斯科旅行记》的拉吉舍夫就是他，于是都来管他要签名。拉吉舍夫没有拒绝他们。他发现，正是从那时开始自己的观点发生了剧烈的变化，尤其是对于国家体制、徭役和地租的看法。他可以说是一个卫道士，曾经直接地批评过首都当局正在被安逸的生活腐蚀得昏昏欲睡，已经到了推行农奴制的时刻。"至少应该有一种制度，无论是什么。"他在市参议会会议上感叹，"就比如说，在咱们的小城市没有重工业，也没有轻工业，空气是最清洁的！因此为什么不征税呢？哪怕只是针对外来人口的。"

大概，脚下三百米厚的寒冰也影响到了人们的性格。永冻土好像变成了那些漂浮在海上岿然不动的冰山，寒冷的气息透过鞋底，一直窜到头顶，将人冻个透心凉。市参议长常常能融化三厘米左右的冻土。那是在宴会前的时候，他亲自满怀爱意擦拭着高脚酒杯，这项工作他谁都信不过。"安息吧！"拉吉舍夫透过擦得晶莹的玻璃杯看着太阳，说道，"整整一百年的愤怒。"

有关空气的事，很显然他是在开遥远的祖先们的玩笑。然而，关于永冻土的问题，他却是认真考虑的。他非常想对永冻土加以利用。

在一个晴朗的日子，拉吉舍夫沿着河边散步，他到处打量着，寻思着能不能建一座桥，或者修一个坝。就在这时，他突然看见在峭壁上停着一台挖掘机，远远看去好像一座雕像。铲臂和铲斗举得高高的，投下的影子延长到了河的对岸，像一条伸长的胳膊。这台挖掘机好像刚挖完河床，现在看上去疲惫不堪，它生锈的履带也已经被拆卸下来。挖掘机侧面有七颗星星，一些地方的表皮已经脱落了。这种星星也会画在坦克或者飞机上，用来记载消灭敌人的数量。或许，这台挖掘机已经挖了七个人工海。不管怎样，它使人联想到一些过去的荣誉，以及将来的丰功伟绩。看着挖掘机，呼吸着机油的味道，拉吉舍夫感到一阵激动，心里的永冻土融化了。

即使这时有请愿者来找他，他也会同意他们所有的要求。

"挖掘机啊挖掘机！"拉吉舍夫若有所思地嘟囔，他知道这个词的外国词源。"后边一部分是'挖掘工'，也就是'挖掘工人'的意思。一辈子干活，挖这儿挖那儿的。而现在呢再加上'以前的'这个前缀，于是就不需要任何人。"说着，我们的市议长用拉丁语感叹了一句，周身被不祥的预感笼罩着。"让这些坏事都见鬼去吧！"他振奋了精神，"但仍然不能轻举妄动！荣耀不会弃我们而去。"

就在同一天，拉吉舍夫头脑中突然涌现出各种各样的挖掘机。他设想在座舱里开冰淇淋店和酒吧，在铲臂之间拴上绳子供人跳高或游玩。也可以把挖掘机伪装成军械卖给蒙古人。把挖掘机装饰成猛犸象的样子也不错，当河里船只很少的时候可以代替船只发出汽笛声音。把挖掘机出租给来到当地的考古学家们也是一个极具吸引力的点子，如果他们不想用它们挖掘也没关系，可以直接在里面住下。又或者先把挖掘机修好，然后挖一个拉吉舍夫海以及通向大洋的港湾，虽然不是第一个人工海，只是第八个而已……

最终，市议长拉吉舍夫就这台老旧的挖掘机原始的挖掘功能展开了深入的思考，思考的侧重点放在了如何建功立业上，于是他想到了一个大胆到近乎荒谬的计划——在我们的小城市里修建地铁。他还绘声绘色地想象，结冰的隧道墙壁就像一个巨大的封冻的水族箱，其中各色各样史前动物的遗骸都清晰可见，有猛犸象、剑齿虎、直立猿人，还有大得像一台推土机的熊的祖先。如果能再挖深一点的话……为什么不这么做呢？还能看见背上有三个驼峰、头上长角的骆驼，甚至是恐龙……

一个接一个想法勒得拉吉舍夫喘不过气来。在广阔的永冻土中建造地铁，建造之前从未有过的古生物博物馆。永冻土是一个最大的天然冰柜，整个国家的储备都可以放进里面！是的，永冻土还可以使他名垂青史，而不仅仅是作为一个滑稽的自杀者的后人。

毫无疑问，修建地铁面临着许多困难和麻烦。于是拉吉舍夫决定首先为将来的永冻土开拓者们设立一个纪念建筑。那台挖掘机被列为基本展品，尽管没有搞清楚它是从哪儿来的，从什么时候开始停在河岸上。尼古拉·卡拉姆辛在城市的编年史里找了又找，也什么都没有发现。

与此同时还成立了一个台座部，人们就挖掘机台座的高度争论不已，提出的数值从三米到五十米不等。拉吉舍夫取了一个算术平均值——二十六点五米。在挖掘机周围计划建造大理石的柱廊，以及通向镀金铲斗的阶梯。市民们走上阶梯，将自己捐献的钱投进铲斗里，无论愿意与否。这笔钱将用于修建地铁，在将来还可能用于改善气候和填补通古斯陨石砸出的大坑。

人们刚刚将这台挖掘机重新刷一遍，在某些地方上好机油。就在这时拉吉舍夫的统治走到了尽头。突然间，关于挖掘机的真相水落石出了。很多年以前，七个人被冻死在了挖掘机里，他们当时正在工作，可能是在挖人工海，可能是在掘金，也可能在挖掘阵亡将士公墓。遗体被冻得极其僵硬，人们费了好大劲才将工人们的手和操纵杆分开，勉勉强强地将他们从座舱里拖出来。尽管如此，纪念建筑和地铁的事仍然可以进行下去，市民们甚至还是支持和鼓励的。然而一场突如其来的、前所未有的大水灾毁掉了这一切。与往常一个月的雨季不同，这一年的雨季持续了三个月。雨量很大，在城市里形成了一片海，还有通向大洋的港湾。在积水排干之前人们都把它称为拉吉舍夫海。由于这场洪水，市民们无法原谅他的所作所为，因为他没有处理好人与自然环境的关系。就这样，自由奔放、不安于现状的市议长被开除了。法院像往常一样做出了不公正的判决，很快认定拉吉舍夫丧失了理智，决定判处他流放高加索矿水城。

在那之后，各种流言蜚语都传到了这里。一种说法是拉吉舍夫忍受不了这种屈辱，从马舒克山上跳下摔死了。还有一种说法是他投河自尽，栽倒在了河底淤泥里。他还留下一张纸条，上面写着："我的后人会为我报仇！"然而他哪里有什么后人呢？我们的卫道士拉吉舍夫就是最后一个，他不仅没有得到拥护，还像很多历史上的名人一样，因为当局政府而蒙受痛苦。

我们城市的市民们都不相信他已经死了。像他那样的人是不会死的！更何况他的遗体也没有被找到，不管是在马舒克山下，还是在河底的淤泥里。"没准儿，"我们的市民说，"他现在正在首都工作呢，他那么聪明，当个三等文官没问题。"前市议长一直存留在市民们的回忆中：他在自己人生道路的开端充当着一个朴实的挖掘机手，挖掘着一个个海洋。他的目光能击碎岩石，声音能震碎酒杯！他给那些欺压人民的统治者们带来死亡的威胁。

拉吉舍夫并不是一个特别出色的人，然而他在市民中留下了好名声，可谓有口皆碑。顺便说一句，还真的有人为他报了仇。报仇的对象是第一个迎面走来的人，这样做可以杀鸡给猴看。

现如今，在我们的小城市，在永冻土之上，人们的生活十分糟糕。然而，当人们回忆起在这里经历过的一切时，哪怕只是不久之前发生的一件事在回忆中也变得高尚起来，并且勾起人们的思乡之情，毫无理由地回到这里。一天的时光很难被察觉。它是如此飞快地逝去，好像山间的小溪中的流冰；它又是如此浑浊，仿佛掺杂了泥沙的小冰块。还没有看清楚，还没有弄明白，一切都从身旁呼啸而过。但如果以一个旁观者的角度来看，虽然这里有着永冻土、洪水、地租和徭役，但在这段生活经历中人们仍然有机会感受到上帝的仁慈。过去的一天，就是一块融化的冰。用它来塑造出自己喜欢的任何东西吧。

画了七颗星星的挖掘机又原封不动地停在了河边的峭壁上，这对于很多人而言是一个意料之外的胜利。对于这个新玩具小孩子们都喜欢得不得了。夏天，最勇敢的几个小孩从铲斗或者铲臂上跳冰棍，有的直接杵到了满是淤泥的河床上，膝盖以下都埋在了泥里，直到快喘不过气来才挣扎着跃出河面。

　　人们还根据铲臂的影子确定时间，这一点和纪念碑的胳膊是一个道理。快到三点时影子投射到了河中央。我们在像透花纱一样斑驳的影子中游来游去，眼睛被波光粼粼的河水晃得看不清，因此从水里出来的时候还摇摇晃晃的。我们一般在六点半左右上岸，那时铲臂的影子已经歪斜地打到另一边的河岸上。

　　冬天的时候，尤其是在黄昏，在孩子们的想象中挖掘机可以变成从潜艇到宇宙空间站的任何机器。沉重的舱门打开又砰的一声合上。透过空荡荡的圆形窗户往外看，封冻的河流在下边很远很远的地方，仿佛正身处飞机机舱内，从空中飞过。但尤其重要的是，金属地板上突兀地出现了两只巨大的、雪人一般的脚印，原来是脚踏板。长短大小不一的操纵杆像一丛蘼草，它们向各个方向摆动着，不时发出窸窸窣窣的声音。哦，这是怎样的一些操纵杆啊！有高的，有矮的，有粗的，也有细的，还有一些弯曲的杆子，上面戴着圆球状的皇冠。怎么能不喜欢这些操纵杆呢？我一天从早到晚都渴望着握住这些杆子，把自己想象成一个飞行员、坦克手、宇航员、赛车手、推土机司机，甚至是那七个挖掘机手其中的一个，即使被冻死也不放开那些棒极了的操纵杆。

那台挖掘机不停引诱着我。无论在何处我都能听见它沉滞生锈的声音，召唤着我去亲手握住操纵杆。我就像着了魔一样。从父母讲的一些不连贯的故事中我得知，我的一个祖爷爷在很久以前失踪了，似乎还是在第一个拉吉舍夫的时代。他会在那七个不知道被埋在哪儿的挖掘机手中间吗？

我一个人来到挖掘机前，没有和伙伴们一起。在没有人打扰的时候才能更深地沉浸于另一个世界，就像膝盖以下、甚至是脖子以下都被埋到河床里的淤泥中一样。在这个新世界中的一切都显得更加刺激、更加明艳，冬夜简直都能变成七月的正午了。

和值班调度员交谈了几句之后，我钻进了挖掘机的座舱。巨大城市的灯火穿透低矮的密云，突然间出现在了我的眼前。那种感觉就像是仪表盘上的红灯同时亮起，持续的发动机轰鸣声中断，四个螺旋桨一下子都坏了一样。说实话，我不知道该怎么办，完全陷入惊慌失措的状态。跳伞有点卑鄙，因为身后还有数百名乘客。可以把螺旋桨换成涡轮机，把飞机换成例如汽艇一类的东西。可如果它也坏了的话，这个晚上编出的故事就都泡汤了。怎么也得有一点真实可信的地方啊。

距离失事还有五分钟，情况好一点的话还有十五分钟。

我飞快地爬出窗户，沿着机翼爬行，希望可以再次启动发动机。冲着发动机哈了口气，拂去上面的灰尘，把几根电线连接起来。机翼上结了一层厚厚的冰，手套粘在了上面，脚下也打着滑。我爬得越远，向我袭来的风就越强烈，似乎一心想把我卷下去。

总算爬到了主发动机旁，我向下看了一眼，竟然看到了我们城市的全貌：水塔、消防瞭望台、礼貌地招着手的纪念碑、澡堂、运水车和上面的大水桶、那个伫立在永冻土之上的真正的雪人、学校和亮着灯的我家楼房。我坐在挖掘机的铁质铲臂上，正下方就是铲斗锋利的爪牙，马上感觉到自己的身体抖得像筛子一样。我急着往下爬，两脚朝两边出溜，摔了个大劈叉，我举起双手胡乱地抓挠着，结果什么都没抓到，直接掉了下去。身后的腰带钩在了斗齿上，我就像一个茧一样挂在那里，像个死人一样在那里一动不动，又仿佛等待着未知变化的蛹。

风在身边呼啸而过。我们的小城市似乎离我越来越远，沉入了黑暗的深渊。但是星星却靠得很近。比地下的那些，我和宇宙这片永冻土之间的距离似乎才更短。整个世界都呈现在我的眼前，从伊甸园里的亚当到一个个寒冷的平日。

"在这种时候鸟飞着飞着都能掉下来！"我想起了某个人给我讲过的他的观察所见。七个人在这台挖掘机里冻死了。可能，我的祖爷爷想邀请我成为第八个？然后人们会在门上画上一颗新的星星。但当大家回忆起我的时候会说好话吗，就像想起市议长拉吉舍夫时那样？我觉得未必！一个半大小子非常愚蠢地死了，而且更加愚蠢的是因为挂在了挖掘机上，纯粹是傻死的。我在大衣中来回扭动着，努力想象伊甸园里的美景，想让身体暖和起来。然而，不知为何响起了咯吱咯吱的声音，或许寒冷加剧了，或许皮带松了，又或许大衣扣子一个接一个地崩了下来。我马上就要破茧而出，像一只冬眠的蝴蝶，一只雪夜蝶。有没有可能飞走呢？也不一定，因为在那之前还有一个无法忽略的阶段，也就是一动不动的蛹。只要稍微扭动一下身体，就会直直地砰的一声落下去，在结冰的河面上摔得粉身碎骨。不过这样还能更体面、更光荣一点。

摘下手套，我仔细地把扣子解开，没准是一生中的最后一次了。但是扣子老是从手指间滑走，固执地不愿从扣眼中出来。我开始在自己的茧中敲打、翻滚、转圈，就像一个被化学毒剂腐蚀的该死的蛹。经过这一番折腾，我浑身发热，拼命地大吼了一声。觉得自己就像根据拉吉舍夫的命令上了机油的发动机，重重地发出轰隆声，紧接着所有的零件都吱吱嘎嘎地运转起来。铲斗颤动了一下，从多年的沉寂中苏醒。我慢慢地、小心翼翼地向下面爬去，像一台老旧的升降电梯。在爬到差不多两层楼高的地方再次停了下来，从那里跳下去是我力所能及的。

两个扣子好不容易才解开，我揪着大衣胸口的部分猛地一扯，其他的扣子径直落到了河岸边的雪堆里。在那个冬天的晚上或是夜里，我一次体验了昆虫发育的几个阶段。挂在斗齿上注定灭亡的茧，愤怒、狂暴的蛹，最后是从永冻土中飞出的蝴蝶。我在爬上陡峭的岸边时感觉十分轻快，像真的插上了一双翅膀一样。最后只剩下飞回明亮的家，坐在灯旁取暖，然后等到春天来临的时候再次醒来。

我没有马上意识到属于自己的时间所剩无几。周围已经变成了另外一番景象，到处都是坚硬、带刺、凝滞不动并且随时可以带来威胁的东西。在这里，在高高的岸上，它一下子抓住了我，把我送回了之前的螺旋轨道上。它不给我留一点回头看的时间，扯断了我的覆盖着薄粉的翅膀。我路过了许多房子，都是曾经想要拜访的；走过了许多城市，都是曾经想要留下定居的。然而周围的景象就像龙卷风一样，急速地使一切都回归原始的位置，回到永冻土之中。

我几乎是爬回了家，好像一只甲虫。爸爸和妈妈像往常一样在地里，不知是在非洲、亚洲还是某个群岛。

"冻土啊冻土，永远封冻的土地……"木霞姑姑一边重重地叹气，一边往我身上涂抹某种很像机油的脂肪，"小子，你遭到抢劫了吗？"

第二天早晨，我们又去看了挖掘机，斗齿上没有挂着大衣。铲斗被提得高高的，在铲臂的下方，看上去就像一个鹰巢。

"可能被风吹掉了，"木霞姑姑想到，"也可能是被人偷走的！快走，去警察那儿写个申请，让他们帮忙找。"

我穿着袖子过短的破烂羊剪绒大衣，尽自己所能地痛恨、鄙视着这里的一切：有着一众虚假历史姓氏的小城市、背部冻伤的自己、穿铬鞣革皮靴的木霞姑姑、地段警察楚尔。当我踩上派出所门槛的时候，我特别想吐一口唾沫，让随便哪个倒霉鬼摔倒。但我克制住了冲动，坚定不移地跟在姑姑身后走了进去。那段共同的时光，在永冻土的上方欢腾雀跃着，发出悦耳的声音。

虽然永冻土并不是永恒不变的，这毫无疑问。它就像一些无政府主义者们说的那样一点一点融化。而沼泽也终有一天会干涸。到时一定可以产生一种类似伊甸园的景象，另一段截然不同的时光即将开始，那是我们现在完全无法想象的。崭新的、柔滑的、甜蜜的时光，像七月的白天快要将人熔化的阳光，又像椴树花和周围嗡嗡飞舞的蜜蜂群。时光是永恒的，或许也不是。

在高高的岸上停放着那台挖掘机，像一座新的纪念碑，人们根据它长长的铲臂可以轻松地确定时间。临近傍晚，铲臂的影子横跨河面，就像一座桥。只要你想游泳，又有足够的力气，在河里可以尽情地游来游去，从这岸游到那岸。如今，这台侧面上画了七颗破烂星星的挖掘机，曾经的挖掘工人，在人们的心中是永恒的。

没有顶

木霞姑姑知道如何解梦。在她的眼里每个人都变成了一个树桩或者土丘，她坐在上面仔细观察着，给人们接下来的人生指明方向。而且自己选择的道路是正确的，她一直这样觉得。于是她总是很乐意当一个灵敏的指南针，给人指明道路。愿意听她指点的人并不是很多，只有我的妈妈和我。除此之外我们也算不上自愿，确切地说来只能算是被迫的。

每天早上姑姑都会盘问我夜里睡得怎么样，梦见了什么的问题。有时实在是什么都想不起来，于是我就说梦见了苍白的影子和灰蒙蒙的雾。然而姑姑还不依不饶地问这问那，我不得不绞尽脑汁、翻来覆去地回想梦境，就像解读一首被风化了的、半损毁的诗。

"我好像坐在凳子上，周围爬着一群蜗牛。"

"哦，亲爱的，你的梦我一下就明白了！你啊，一定又想偷懒了。"

像往常一样，姑姑一下就揭露了我的本质：懒惰、颓废、放荡不羁、偷奸耍滑。我身上的一些隐蔽的缺点和不成体统的愿望都以梦的形式表现出来了。为了让自己别太丢脸，我又添油加醋地补充道：

"看见了你，穿着豪华的礼服，骑在一匹火红的马上！"

"老天爷！"姑姑情不自禁地拍起手来，像是在打蚊子，"这说明我要去喝酒了……"

瞧，在这种情况下我妈妈也会掺和进来：

"木霞，就别再说瞎话了！听起来一点都不好笑。"

“预言家是不存在的。”姑姑叹了口气，走回了自己的房间。她的房间里有一个上了锁的柜子，里面长眠着一本用柔软的黑布包裹住的解梦书。书鼓胀了起来，好像一只乡间土路上炸毛的鸡。看来，我那些差劲的梦就是从那儿流出来的。

总之，梦境和现实交织在了一起，现在已经很难搞清楚实际上是怎么一回事。也许，木霞姑姑真的骑到了一匹火红的马上，又或者我梦见的是那本在柜子里放着的书。仿佛一切都是幻影，和我渐行渐远，最后消失无踪。

有一天，我和姑姑在路上遇到了拳击手彼得·加姆博耶夫。

“一个挺奇怪的玩意儿，”他随口说道，两手的拳头互相撞着，“梦见了将军。”

“真的吗？”姑姑一下子精神了，“不是少校？”

“是一个真正的大腹便便的将军，留着小胡子和络腮胡子！”加姆博耶夫好像有点不高兴。

木霞姑姑皱起眉头，脸色也变得阴沉了，就像一个突然诊断出疾病的医生。

“彼得，听我说，这不是开玩笑！赶快去请病假！”

“真糟糕！”加姆博耶夫重重地用右拳锤了一下左拳，

几乎把左拳打到了背后，"我要去参加一个争霸赛。左撇子们
和右撇子们打架。"

"没错，就是这样！"姑姑喊了出来，"肥胖的将军，说
明要发生非常不愉快的事。小胡子预示着危险，络腮胡子表
示耻辱和做事不考虑后果。"

加姆博耶夫只是轻蔑地笑了笑，他小跳着左右闪避，沿
着木板铺就的人行道离开了。他脚下的木板被踩得变形，吱
吱嘎嘎地唱起歌，像被沉重的运货列车碾压的轨道。木霞姑
姑忧伤地看着他离去的背影，仿佛没有赶上火车。

从邻近的房子里跳出了动物学家沃尔格达夫，他还兴高
采烈地做着鬼脸。

"这都是什么乱七八糟的东西啊！"他小跑过来，不假
思索地说道，"真可怕！一屁股坐在豪猪上了！"

姑姑这才回过神来，开始在心里确定着梦的征兆。

"没准儿是坐在刺猬上了吧？意义，您知道吗，是不一
样的……"

"什么见鬼的刺猬啊！"沃尔格达夫变得十分悲痛，"我
费劲巴拉地爬上去，由于眼睛看不清，还觉得那是一个小凳
子。而它突然发出了响动，像一个装了骨头的口袋。紧接着

它哼哼了一声，扎了我一下。"

"啊，您需要小心一点，"姑姑半带着威胁的语气说，"可能会跟别人大吵一架，没准儿还会动手打起来。这都取决于扎针的长度……"

"请您自己看吧！"沃尔格达夫顺从地解开衣服。

他的内裤像一个被填充得满满的手工缝纫枕头。

"真不敢相信。"姑姑触碰着有点发白的粗粗的针，低声说道。

沃尔格达夫叹了口气，不知道跑去了哪儿。他身后扎着的许多根针随着身体的运动颤抖着，像风中的山杨树叶。梦境如此突然地变成了现实，木霞姑姑觉得很困惑。回到家，她坐在窗前自言自语地问道：

"豪猪？从哪儿来的？在咱们这个纬度？"

"怎么说呢，在梦里的时空都是错乱的，"妈妈安慰姑姑，"所以不知道将会发生什么。"

第二天，快到吃午饭的时候，地段警察费多尔·楚尔来到了我家，他是一个雅库特人。他站在门口，环视着房间。

"您在跳大神吗？"

"您指的是什么意思？"姑姑没有理解楚尔的话。

"还能有什么意思！"地段警察眯起了眼睛，他的眼睛本来就不大，这样一来就完全看不见了。同时，他的脸上浮现出殷勤的表情，活像一块波舍霍尼耶奶酪头。"您知道的，就是梦的意思！"

"这是纯粹的科学，"姑姑表示反对，"在梦中人的潜意识并没有沉睡，并且预言着未来。而我只是把梦详细地解释出来。"

费多尔·楚尔打开军用腿包，把姑姑说的话记在了笔记本上，反复读着，陷入了思考。

"存在这样的一些事实，"他突然间尽可能地瞪大眼睛，"是关于毒眼的。您做的事情不是解梦，而是怂恿人做坏事，使人误入歧途！加姆博耶夫在比赛中被击倒昏了过去。动物学家沃尔格达夫去用本地刺猬培育豪猪的养兽场跟人大打了一架。我只警告您这一次，在咱们这儿不能容忍跳大神！"

地段警察的来访惊醒了妈妈。

"折腾出事了吧？"她感叹道，"谁抻了你的舌头还是怎么着？到处胡言乱语。"

木霞姑姑只是毫不在乎地微笑了一下：

"梦见地段警察，说明马上要出嫁……"

"醒醒吧！这可不是梦。"妈妈气得大发雷霆。

但姑姑没听进去，仍然沉浸在自己的预感中。

在那时，一个被流放的将军叶甫盖尼·博奇金经常来看望我们。我们都等待着他能走出关键性的一步，例如和姑姑结婚。

那天晚上喝茶的时候，将军用茶匙敲着杯子，稍稍直起身子，说道：

"您能想象吗，亲爱的木霞，我梦见了一栋没有顶的房子。"

姑姑的脸色明显地苍白了，痛苦地扭过脸去。而博奇金还在继续讲着：

"那是一座砖头盖的公馆，有三层楼，带有小台阶和阳台。这个梦的意义非常明显！楼房就是我。而您，亲爱的，就是房顶，应该被安放在自己该在的位置。"他说完后，房间里一下子安静下来了。

终于，姑姑怀着出乎意料的懊恼和愤怒说道：

"您怎么会懂梦呢？这对您来说不是'闭合筋斗'，不是'螺旋'，也不是'侧滚'！那个破烂公馆对我来说什么都不是！"

原本踌躇满志的叶甫盖尼·博奇金一瞬间惊呆了，看起来就像在被炮弹击中的飞机里准备弹跳的飞行员，于是他按下了红色的按钮：

"您懂得可真多啊！能招得一个将军这么生气。饶了我吧，这都是什么跟什么！您是知道怎么解梦，而我也有我的，荣誉！"他像被枪毙的人一样跺了一下脚后跟，走出了我家家门，再也不来了。

这一切都发生在电光火石间。仿佛刚刚经过了一场空战，如此迅速又短暂！

"木霞，你说该怎么理解？"妈妈冲姑姑大喊。

姑姑在桌子周围来回徘徊着。她的目光很黯淡，茶壶倒映在她眼中，像是知晓一切的黑洞洞的无底深渊。

"我直到最后才相信，"她小声嘀咕着，"他，那个傻子，梦见了没有顶的房子……说明马上就要退休，而且还会开始谢顶。卑鄙无耻的家伙！"姑姑挥了一下手，似乎已经对将军不抱任何希望了。

是的，完全可以理解姑姑的想法。但博奇金多么可怜啊！这个可怜虫不知道自己悲剧的未来。而就在这张茶桌旁一切都清清楚楚地显示出来，一切都各就各位，像一套摆放整齐的茶具。

现在，每当我看到没有顶的房子都会觉得十分慌张。眼前仿佛出现了一个秃头将军，穿着肥大的裤子，拿着一把小锄头，在地里种大葱小葱。

第二天姑姑又照常询问我梦到了什么。

"躺在沙发上，"我一点一点回忆，"星星在天空中流动着。"

"真奇怪，"姑姑说，经过昨天喝茶时发生的那件事，她看起来有些严肃，"我从来没想过你能有这种梦。星空预示着将要实现愿望。"

她似乎是有些嫉妒我了。但姑姑没有猜到我的渺小的愿望。我只梦想着一件事，那就是没有人预见我的未来，不这样那样地讲解一番，不使它变得一塌糊涂。

我的未来是黑暗的，也没准是光明的。无论如何，那都是我从不知道的未来。只要不梦到没有顶的房子。即使梦到了，如果能搞清楚是什么意思的话，也没什么不好的。

绒　毛

那一年的杨树像是疯了一样，达到了丧心病狂的程度。

整个城市都飘满了杨树的茸毛，仿佛盖上了一层白霜。只要用毡靴在地上滚一滚，茸毛就变成了一团一团的杨絮。一棵棵杨树就像虚弱的老人一样佝偻着身子，因为过长的、沉重的大胡子而闷闷不乐。

欧克季亚布尔·彼得罗维奇方才勉强把杨絮从玻璃缸里捞出来。

"唉，"我去拜访他的时候，他正长吁短叹着，"过去都是淘金，现在捞的都是什么？茸毛！"他看上去像一个风向标一样朝四个方向发泄出胸中的怨气，几乎要在家里引起一场暴风雪了。

欧克季亚布尔·彼得罗维奇认为，在他退休的时候，人们给他起了一个已经过时的名字。他本来想改名，改成奥古斯特或费弗拉尔。但是这样一来麻烦事就多了，因为在所有的登记簿上都写的是欧克季亚布尔，于是这个名字就一直伴随着他直到现在。

"唉，青春如小鸟一般飞快掠过，而老年，像乌龟一样磨磨蹭蹭。"他忧郁地盯着拖鞋，那双鞋十分蓬松保暖，像一对即将过冬的兔子。"你爬得越慢，时间就飞逝得越快。"

他家一直都很整洁。地板上落满了茸毛，只在走过的地方踩出一条条小路。从沙发到桌子，从桌子到玻璃缸，从玻璃缸到窗前。到门口的小路只有非常不明显的痕迹，因为很少去那里。

大白天的室外天色突然暗了下来，马上要下雨了。就在这时，一只鸟从窗户飞了进来。真是一个坏兆头！"这不是来勾我的魂的吧？"欧克季亚布尔·彼得罗维奇吓得呆在了玻璃缸旁。那种鸟他从出生之后就从没见过。

在暴风雨来临前的黄昏，那只鸟仿佛幽灵一般模糊发白，然而它的眼睛是火红色的，眉毛也很清晰。它落到了桌子上，小口小口地啄着卷边烤饼。

"这到底是什么破鸟？"欧克季亚布尔·彼得罗维奇目不转睛地盯着不速之客，"它属于什么目？是一只白枭？沙鸡？还是草原鹬？"

从窗户吹进了一阵风，鸟笨拙地摔了个跟头，从面包圈飞到了旁边的格架上。它停在了房屋主人的照片前。照片中欧克季亚布尔·彼得罗维奇还很年轻，他站在一条山间小溪旁，头戴一顶有防蚊罩的帽子，手里拿着淘金盘。

"蠢鸟！"他一边这样想着，一边靠近格架上的鸟，"赶快给我飞下来。"

　　那只鸟像一朵种类不明的、轻盈蓬松的花，类似蒲公英，浑身上下没有翎羽，只有绒毛。它只是一个具有鸟的形态的动物，而不是鸟类！可以看到，风往哪儿吹，它就往哪儿飘。欧克季亚布尔·彼得罗维奇惊得屏住了呼吸。

　　他们一人一鸟对视着，像分开了很久的老朋友，看着眼熟，但不知道为什么无论如何都认不出来对方。

　　"十月。"鸟突然说话了，还眨了一下火红的眼睛。

　　和眼前的状况相比，还是相信玻璃缸里的金鱼张嘴说话比较容易。又或者说话的是老旧的格架，因为欧克季亚布尔·彼得罗维奇每天都和它聊天，餐桌、睡觉的沙发也是一样。

　　"十月。"鸟又重复了一遍，它垂下了头，似乎在等待回答。

　　被一只偶然飞来的鸟呼唤名字，随便一个人，即使是最冷酷无情的人，都会被吓得肝儿颤。

　　"我亲爱的小鸟，"欧克季亚布尔·彼得罗维奇小声嘀咕，"亲爱的小鸟，你究竟是从哪儿来的？"

　　是啊，很显然，它来自一个非常遥远的地方，在那里人们对于"十月"没有偏见，把它和"八月"和"二月"同等看待。

　　说完话之后，那只鸟在格架上睡着了。它闭上了眼睛，蜷着身子缩起脑袋，看上去和一团杨絮一模一样。欧克季亚布尔·彼得罗维奇把耳朵凑近仔细听着，本想听它的心脏是不是在跳动，然而耳中却充满了生机勃勃的热带气息。这是一只热带鸟！他想。又或许它发烧了？我的可爱的小鸟，马上要烧起来了！被自己的想法吓了一跳，欧克季亚布尔·彼得罗维奇开始忙乱起来，在房间里踩出了几条新的小路。他在桌上留了张字条，上面写着："我马上回来。十月敬上。"之后就匆匆地跑去找动物学家沃尔格达夫，连鞋都没来得及换。

暴风雨看上去马上就要来了，然而却迟迟不下。在我们静谧的小城市上空，暴风雨经常依依不舍、昏昏欲睡。暴雨总是倾盆而至，这一点毋庸置疑。然而即使是老居民也没有见过这样雷鸣电闪的景象。据说，这种情况是从那时开始的，也就是当年通古斯陨石飞过的时候。陨石在人们头顶上高高地掠过，但是却留下了痕迹。那是一条像裂开的刀伤似的缝隙，在整片天空上蔓延，现在在满月的时候还能看见。大概是因为在这个小城市里一切都是如此的反常，我们这里的人是这么想的。许多东西被拖进了这条缝隙中，而有时一些不明物体也会从那里散落下来。

　　欧克季亚布尔·彼得罗维奇在漫天纷飞的茸毛中拼命地走着，呼哧呼哧地喘着粗气，像一艘老轮船。在他经过的地方，茸毛像波浪一样翻滚起来，在飘荡飞舞着，紧紧粘在身上弄不掉。

　　沃尔格达夫没有马上认出欧克季亚布尔·彼得罗维奇，只有一个大概的印象。他的视线集中到欧克季亚布尔·彼得罗维奇脚上穿的那双拖鞋上，看起来真像一对安哥拉兔。

　　"无论如何都不明白，它那双红色的眼睛是从哪儿来的。"沃尔格达夫一边说着一边蹲下身，"难道它两只眼睛都是瞎的吗？"他又趴了下去，四肢都贴在了地上，"真是悲剧啊，明明是那么的美丽的东西！"

　　"悲剧啊悲剧！"欧克季亚布尔·彼得罗维奇重复了两遍，"我可爱的小鸟发烧了。"

　　沃尔格达夫摸了摸一只兔子的脑袋，上边覆盖着的茸毛立刻飘散了，这使我们的动物学家陷入了尴尬的境地。他的鼻子贴在拖鞋上，好像不是一个动物学家，而是一个修鞋匠。

　　"一只发烧的小鸟？"沃尔格达夫从地板上爬起来，"到底是什么样的鸟？在哪里？"

　　一句话还没说完，欧克季亚布尔·彼得罗维奇已经拽着沃尔格达夫出门了。他们走到哪儿，哪儿就飞散起细碎的茸毛，像黄昏时分天空中稀疏的星星，又像微小的水滴。

当他们进门的时候，那只小鸟正停在卷边烤饼上。开门造成的气流立刻把它吹回了之前停留的地方，那张年轻的欧克季亚布尔·彼得罗维奇的照片前。

"十月！"它的发音是如此清晰，沃尔格达夫惊得打了个哆嗦。

他仔细地看了看格架、照片和那只鸟，小心翼翼地指出：

"很抱歉，我并不是鸟类学家，不是专门研究这种长羽毛的生物的，何况这里连羽毛都没有，只是一团，该怎么说呢，五十摄氏度高温的绒毛。对于鸟来说，这样的温度似乎有点过高了。然而，我认为这一点也是可以解释的，因为它是一只会说话的鸟，说话的时候体温总是会上升。总而言之，我敢保证这个小家伙是健康的。"

"那它是什么种类？"欧克季亚布尔·彼得罗维奇兴奋起来了，"我可爱的小鸟是从哪个角落飞来的？"说着话的时候，他又把壶里的水烧开，摆好桌子，邀请动物学家品尝唯一一块被鸟啄过的卷边烤饼。

沃尔格达夫小口小口地喝着茶，陷入了沉思。"应该并且只应该告诉他真相，"他回想着，"但不是全部的真相。"

"这是一种很罕见的鸟！有这样的一个目，或者说科。准确地说来是一个很小的种。叫作旧货鸟。它们适应能力强，能够在各种环境中生存栖息。这不，在您这张照片里就有一只。您看啊，在左肩膀后边的灌木丛里。"

欧克季亚布尔·彼得罗维奇戴上了眼镜，打开军用放大镜，仔细地观察着照片中那只停在树枝上的鸟。真奇怪，之前从来都没有注意到。他的小鸟在一旁的格架上眨着红色的眼睛。没准它就是树枝上那只鸟的亲戚，是那只鸟的重重孙子。在这个世界上什么千奇百怪的事没发生过啊！一切都被串联在时间织就的大网中，都被密密麻麻的结联系在了一起。他把手伸到眼镜后边揉了揉眼睛。

"您知道吗，"沃尔格达夫机械地啃着烤饼说道，"旧货鸟活得很长。它们是上帝的宠儿，不会被人捏在手里，不会被子弹打中，从来都不去商店，但永远都不饿。说不定，在这张照片中的就是您可爱的小鸟。不排除这种情况！"

"十月。"旧货鸟点着头说。

欧克季亚布尔·彼得罗维奇坐到了沙发上，他突然回想起了一件事，好像心中的茸毛都被风吹到了一起。四十年前，他认识了一个西班牙人，那个人也叫他"十月"，简直和这只小鸟一模一样。

那种感觉像掉进了冰窟窿里，或者落入湍急的水流中，水有时温暖舒适，有时冰冷刺骨。水流飞快地带着欧克季亚布尔·彼得罗维奇前行，途经那些早已被遗忘的过去，仿佛那些片段出自于别人的人生。铅笔刀和"雏鹰"牌自行车、姑娘的无止无休的吻以及她牙齿上的砷、从窗户冲外边挥手的蒸汽机车司机、被藏在接骨木丛下的二十戈比、妻子们、奶奶们和孩子们，自己的孩子和别人的孩子。一切都飞快地闪现着，但画面十分清晰，像透过放大镜看到的那样。

欧克季亚布尔·彼得罗维奇似乎完全沉浸在了老年人像贮藏室一样晦暗的回忆中。沃尔格达夫吃完了烤饼，向那只小鸟鞠了一躬，悄悄地离开了。即使不是鸟类学家也能猜到，这只"旧货鸟"是什么时候、为什么飞到房间里来的。

那个西班牙人的姓氏在欧克季亚布尔·彼得罗维奇脑海里打转，却怎么也捕捉不到。也许是埃塔热尔基斯？总务主任拉列伊给西班牙人发的靴子小了两号，还振振有词。"他们就是这样的，"拉列伊说，"靴子要穿小一点的。因为这样他们的眼睛里都冒着火，脾气也非常暴躁！"那个西班牙人俄语说不利落，磕磕巴巴地抱怨着不合适的尺码。"我的鞋，十月！太短了，挤得脚疼！"也许他的名字是迪万提斯？

突然响起了敲门声，旧货商人索洛维伊像条狗似的趴在地上手脚并用地爬了进来。

"把小鸟还回来，"他刚一进门就说道，"它是从我那儿飞走的，我的亲爱的小鸟！在我挑拣收上来的旧货的时候，它从一件女棉坎肩的袖子里飞了出来。好好地把它交出来，否则我就自己带走了。"

欧克季亚布尔·彼得罗维奇摇了摇头。索洛维伊咧开嘴笑了，同时关上了房门。欧克季亚布尔·彼得罗维奇也不得不站起身，他经过餐柜的时候，终于想起了那个姓氏——塞万提斯！之后他写了一本名为《克里姆林选中我》的书，其中写到了那双靴子，写到了总务主任拉列伊。一点都没提到欧克季亚布尔·彼得罗维奇。除了身份证办理处之外，在哪儿还有关于他的任何记录呢？

似乎这个世界对于欧克季亚布尔·彼得罗维奇早已经不抱任何希望了，随他自生自灭去吧，能活到哪儿算哪儿。没有疾病，没有需求，没有蹲过监狱，没有尝过痛苦，没有贫穷，没有灾难。就像这样，他细小的苦恼和不满，总的来说，只来源于自己的名字。没有挨过饿，没有渴望，没有承受过巨大的损失。其实也算不上完全没有，他拔过三四颗牙，肋骨和腿骨折过，磕破过头，手指被锤子砸过，脸上蹭破过皮但并不严重。他从未直接面对死亡，如果说他真的曾经直面过死亡的话，那么只能说当时还完全没有这种意识。

然而他觉得自己的灵魂在饱受煎熬。并不是像塞万提斯那样，脚被靴子挤得难受，而是相反，由于自己轻松的人生而感到压抑。这样的人生像杨絮一样，被风茫然地吹走，不知去向何方。

然而曾经有一些无法理解的征兆和睡意蒙眬时闪现的灵感。当然，这些事情他本可以搞明白，但是却懒得去做。可以这么说，暴风雨一次都没有降临过，总是下着淅淅沥沥的小雨。茸毛汇聚成了一团一团的，湿漉漉沉甸甸的。

"曾经淘出一公担黄金，"欧克季亚布尔·彼得罗维奇想，"但黄金算是什么呢？它只可能是非常好的东西，像格架上的小鸟一样。"

小鸟十分温柔亲切，每天都会说三次左右的"十月"。

欧克季亚布尔·彼得罗维奇十分用心地养着那只小鸟，心爱的玻璃鱼缸被他弃置不顾。已经习惯了照顾的小鱼们一条接一条地翻肚皮死去了。它们的尸体浮在水面，上面盖了一层茸毛。

七月结束了。八月也刷刷地飞过了。九月像一个近视的人，眯缝着眼睛盯着脚下的地面渐渐走远。

街上的杨絮被吹到了未知的地方，只有在欧克季亚布尔·彼得罗维奇家里还堆积着许多茸毛。那些茸毛像有生命一样，随时能跃起到天花板上。地板上被踩出了一条条小路，从沙发到桌子，从桌子到格架，在门口的茸毛堆成了一座小山丘。

"十月，"旧货鸟眨着火红的眼睛说道，"忍一忍吧。"

越临近十月，灵魂就感到越安宁。当确信很快一切都将收场，也就是明白了去向何处，为了什么目的的时候，都会是这种情况。

某一天晚上喝茶的时候，一阵十月的强风从通气窗吹进来。吹乱了屋里一地的茸毛，卷起欧克季亚布尔·彼得罗维奇和他的小鸟，将他们带去了灰色的远方。虽然很想说，将他们带去了幸福的远方。

然而，那里大概没有幸福。因为幸福是一只自由的小鸟，它想在哪里停留，就在哪里落脚。而我们的欧克季亚布尔·彼得罗维奇和他的小鸟却是被风左右着的，风往哪里吹，他们就被吹向哪里，一直到通古斯陨石留下的缝隙中。

尽管欧克季亚布尔·彼得罗维奇没有理解，然而命运的征兆直到最后还是传达给他了。这其实已经很好。人们不会忘记他。他的名字被记录在了某个地方，没有被磨灭掉。而且这个名字并没有那么拙劣，从他在生命的最后还能喝茶这一点上就能看出了。

鸟占术士

大家都知道，木霞姑姑经常给人解梦，但除此之外，她还能占卜。运用古老的方法，通过观察关注鸟的飞行状态和叫声占卜。姑姑把它称为鸟占术学，也就是用鸟占卜的学问。

在我们的小城市中大家都觉得姑姑即使不是一个完全的傻子，她的脑子在很大程度上也有点问题，但是这一评价并不怎么公平。木霞姑姑拥有未卜先知的天赋，但可惜的是，这种天赋需要用其他能力作为交换，尤其是智力。姑姑的意识是像一座歪歪斜斜的小木屋，眼看着就要倒塌。然而在智力下面，就像在深深的地窖里，存放着许许多多东西，比如腌菜、果酱、果子露酒……总之是各种杂七杂八的小菜，时不时地把它们取出来看看。

姑姑穿着专门的带兜帽的术士服，走到大街上站定，看起来像一根被烧得焦黑的柱子。在她周围聚集了大量的人群，那阵势就像是来看大棚马戏的。姑姑仰起头，把听筒贴在耳朵上，长时间地观察着秋季的天空中乌鸦群盘旋的动作，将它们的呱呱叫声分解成相互独立的一些声音。

不知道为什么，姑姑用乌鸦占卜的结果比其他的都好。也许是像她认为的那样，和乌鸦之间的沟通是最具有活力的。她对于其他的鸟类的信任程度都没有对于乌鸦这样高。

"麻雀特别喜欢扯谎，"姑姑略带鄙夷地说，"鹤太傲慢。啄木鸟又太封闭。还有喜鹊，一转眼不知道飞哪儿去了……"

而乌鸦总能传达不少有益的信息。他们经常有意地呱呱叫唤着瞄准姑姑排泄。这赋予了他们之间的关系一种独特的信任。乌鸦排到姑姑身上的鸟粪越多，姑姑的未卜先知就越准确，有时候还能做出一些奇迹般的预言。比如，一周之前姑姑预言说我将被野兽咬伤。结果还真发生了那样的事，咬伤我的野兽是一只花鼠。

"看啊，喂鸟的，一个喂鸟的。"人们小声地议论着，期待着接下来的表演。那是十月的某一个阴天。"根本不是喂鸟的！"我替姑姑辩解道，"是鸟占术士！"鸟占术士这个词我很喜欢，听起来既严肃又能把人唬住。

听了我说的话，其他人为姑姑感到了切实的担忧，觉得她像一个女巫，但其实没有那么严重，因为女巫这个词带有一定的侮辱性。

这一次乌鸦也没有使姑姑为难。整个乌鸦群里大大小小的乌鸦排下的鸟粪把姑姑从头到脚都弄脏了。乌鸦告诉了她某个叫欧克季亚布尔的人去世了，还指出了那人的住址。

姑姑感到十分震惊。没像往常那样把所有细节深入考虑一遍，她急忙跑去找地段警察费多尔·楚尔。

费多尔在自己的职业生涯中经历过各种各样的事情。他给雪人刮过胡子，徒手抓过不冬眠的熊，在犯罪事件完成之前就将它们解决，但当他看到木霞姑姑的时候，他完全茫然失措了。根据她的外表判断，应该是一件关系到被玷污的贞操和尊严的事件，而这是一件没有指望的耗时间的苦差事。费多尔·楚尔向来规避所有可能会呈上法庭的事件。"闹到法庭"这个表达方式使他感到心灰意冷。想到这里，他已经从保险柜里掏出了一把衣服刷子，准备帮姑姑把衣服刷干净，然后再把她打发走。

"不是，不是！"木霞姑姑大喊，"跟我来，赶快！要不然我该忘了地址了！还有左轮手枪！把它带上，没准儿那里有强盗……"

还在警察学校的时候费多尔写过关于强盗行为的学年论文，从那时开始这个词就使他感到非常惊慌不安。一听到强盗这个词，即使是电视上播放的首都新闻，他都会立刻掏出手枪皮套，嘴里还模仿着开枪的声音："砰！啪！砰！"

总而言之，还没弄清到底发生了什么事，费多尔·楚尔就已经完全地相信了姑姑的一面之词。他抓起装了侦察记录本、询问日程表的腿包，拿出装在皮套里的左轮手枪，跟着姑姑冲向从乌鸦那里得知的地址。

走路过去其实没多远。在我们的小城市根本没有很远的路。即使是从一头走到另一头，也就是从商店到澡堂也花不了多长时间。费多尔费劲地回想着手枪里还有没有子弹，哪怕只有一发也行。于是他只顾得上问姑姑发生了什么不幸的事。

"十月过去了！"姑姑简短地回答。

"呸！我可真倒霉！又跟疯子扯上关系了！"地段警察感到有些不愉快，但他仍然环顾了一下四周。显而易见，现在的确还是十月，从哪个角度来看都是一样。今天的天气对于本地区也很典型，刮着微风，下着绵绵细雨。他们现在在户外，像人们通常所说的那样。

与此同时，木霞姑姑非常确信地转进了一个院子，开始敲门。凭借自己敏锐的耳朵，姑姑察觉到门后边是一片异常的寂静。房子里是空的，无论如何都没有活人的存在。

"把门撞开！"姑姑命令道。

或许是姑姑的疯狂有传染性，影响到了地段警察健全的思维，或许是费多尔也早就想自作主张破门而入，即使会被枪毙也无所谓。总之，他先助跑了一段，快跑到门前时脚底下绊了一下，结果用脑袋把门撞掉了。头上戴着的警察制帽骨碌到一旁，上面的帽徽还闪闪发亮，费多尔定在了门口。

整个房间里没有一点声音，空气似乎微微地颤抖着。从灰蒙蒙的浓雾中瞬间浮现出了沙发、桌子和格架，之后又突然消失不见，就像从来都没有过一样。墙壁摇摇晃晃的，一会儿组成锐角，一会儿又组成了非常钝的钝角。地板渐渐向天花板靠拢。费多尔的脑子里好像有一个高速转动的纺锤。他靠在门框上，第一次觉得自己的人生是如此心力交瘁，左轮手枪完全帮不上忙。"十月过去了，"他努力理解着姑姑说过的话，"也就是说现在是十一月，马上就要开始下雪了。"

木霞姑姑从边上冒出来，直直地盯着地段警察的眼睛。

"真漂亮啊！"费多尔突然赞叹道，"简直就是雪姑娘！"

"听我说，您这是轻微脑震荡，"姑姑说，"破门的时候最好用脚踢开或者用肩膀撞开。"她搀着费多尔，领他坐到沙发上，紧接着融入了一片无声的、摇晃的世界。

"随她去吧。"费多尔心想，他的意识正在慢慢恢复，"但这儿还是不是我的管辖地段？在我的地段的确是十月，而这里这些见鬼的杨絮碎末，简直像是把大街上所有的都扫进来了！真是强盗行为！"想到这个词，他就像闻到氨水一样，立马清醒过来了。

飞舞的茸毛渐渐平息下来，落回到地板上。房间平时的样子浮现出来，木霞姑姑正在屋里到处乱窜着。

"欧克季亚布尔·彼得罗维奇在这里住过。"姑姑惊慌地向费多尔报告，"一个已经退休的洗矿工。这儿还有一张奇怪的字条：'我马上回来。十月敬上。如果想起我的时候请千万别记恨。永别了！'而且，这个'别记恨'和'永别'可以明确地看出是之后用另一根铅笔匆忙添上去的。应该马上立案调查。这是一起失踪案，或者绑架！"

"先等等，等等……"费多尔·楚尔把那张皱巴巴的字条抢过来，按照在警察学校学到的方法，先从左向右，再从右向左，翻来覆去地研究着每一个字母，"哪有什么失踪案件？"他从沙发上跳了起来，认为这里未必有什么应该做的事，"胡说八道！他可能去黑海边晒太阳了，也没准回农村探亲去了，去采蘑菇。没什么值得大惊小怪的！"

正在研究玻璃鱼缸的木霞姑姑用责备的眼神看着地段警察，像雪姑娘注视着面前的一堆毫无用处的篝火，无论如何得跨过去一样。

"理解理解我们吧！"费多尔蹒跚地走了过来，"我告诉您一个秘密！您知不知道仅仅一天之内有多少人在地球上消失？数量加起来差不多能顶三个城市，类似咱们的这种，如果算上家畜和流浪动物的话。人嗖的一下就消失了，没有了。国家机构力量不够……"他比划了一个无能为力的动作，勉强挪动到沙发上。

"好，"姑姑委婉地回答，"我自己查清楚。顺便一提，在玻璃鱼缸里曾经有金沙，缸壁上还留有一点痕迹。而现在里面空了，鱼都干死了！这对您有所启发吗？"

大概的确有些启发的作用，费多尔感到更加头晕了。"金沙，鱼干死了。"脑海里像是有一个纺锤，所有线索都在上面越缠越紧。"鱼干死了，现在玻璃鱼缸变空了。变空了，很好。缸壁上的痕迹可以清除掉了！字条也直接销毁！在警察学校都是这么教的。"

"离开这座房子！"费多尔努力装出一种极度威严的语气，用尽最后的力气命令道。脑中的纺锤高速旋转起来，发出巨大的嗡嗡声。声音从左耳贯穿到右耳，震得他快要失去意识了。"只是临时的。"费多尔·楚尔想，紧接着就晕了过去。

很难说清这个"临时"持续了多长时间，但当地段警察恢复意识睁开眼睛的时候，屋子里已挤满了人。

到处都放置着点燃的蜡烛，蜡烛发出噼啪的响声，像七月蜻蜓的翅膀一样。在蜡烛温暖但略带忧虑的光芒中，地上的杨絮又飞扬了起来，仿佛一团团烟雾，拼凑成各种各样稀奇古怪的形状。凭借着过人的眼力地段警察费多尔一下就认出了动物学家沃尔格达夫、彼得·加姆博耶夫、从汽车厂来的库里洛夫、旧货商人索洛维伊，甚至还有一个不怎么熟的留着小胡子的学长，因为他的胡子自己还曾经拘捕过他。他们都沉默地、垂头丧气地围坐在桌子旁，像一群等待吃晚饭的筋疲力尽的工人们。

"邪教啊！"费多尔感到胆战心惊，脑子里又开始犯晕。"祭祀……仪式……"他拼命挤出一个恐怖野蛮的、像肠子一样繁冗的词。"他们该不会准备把我给切了吃吧？见鬼！"费多尔摸索着左轮手枪。可是装手枪的皮套被打开了，里面什么都没有，像是被掏空了的钱包。费多尔·楚尔觉得自己变成了一条被挖去内脏的鲈鱼，一只没有任何反抗能力、任人宰割的小羊羔。

命中注定的事就让他发生吧，费多尔想，这是在警察学校从没有教过的东西。

一个小小的黑影在地板上到处乱窜，咯咯哒地叫着。木霞姑姑郑重其事地宣布：

"鸟占卜现在开始。母鸡讯问！"

在费多尔昏迷的这段时间里，姑姑做了很多事。她跑了一堆地方，鞋都跑坏了，只能凑合趿拉着。再一次和乌鸦进行了交流，请乌鸦帮忙指出这个案件的所有嫌疑人。之后，她给每个人以地段警察的名义发了询问日程表，把他们都召集到欧克季亚布尔·彼得罗维奇家。接下来她从帕夫柳克那里租借了一只白色的母鸡，仔细地将它用煤灰涂黑。这是一种非常可靠的讯问方法，经过了几个世纪实践的检验。母鸡会靠近无罪的人，把煤灰蹭到衣服上。而对于有罪的坏人，母鸡会咯咯哒叫着溜走。

"我的话语坚不可摧！话语是城堡，舌头是钥匙！"木霞姑姑光着脚吃力地爬到凳子上，手舞足蹈地号叫出令人费解的咒语，"干了坏事别发愁，一不做来二不休！法官院里猪一帮，我把它们都吃光。我的法庭公平正义万年长。"

蜡烛的火光因为姑姑莫名其妙的话摇晃了起来。杨絮的茸毛飞舞着，在烛光的映衬下显得分外显眼。被涂黑的母鸡像检阅军队一般神气地、不慌不忙地走着，绕着桌子转圈，思索着该去蹭谁的腿。为了不显得太多余，费多尔·楚尔起身坐到了沙发上。然而谁都没有注意到他，眼睛都没斜一下。屋里的空气像是被冻结了一样，人们大气都不敢出，竖着耳朵听木霞姑姑说话。

"万恶的小偷，下地狱吧！滚到亚拉腊山的另一边。"姑姑接着念咒语，"到沸腾的焦油里，到炎热的草灰里，到沼泽的烂泥里！被山杨木桩钉到门框上，晒得比柴更干，冻得比冰更冷！瞎眼，瘸腿，变傻！在秽物里翻滚！不得好死！"

地段警察感到毛骨悚然，仿佛一群蚂蚁顺着后背爬到后脑勺上。"强大的震慑力啊！"他想，"应该把它记下来，以后可以用在讯问上。"就在那一瞬间，黑色的母鸡像被砍了头一样狂叫不停，从桌子旁逃开。母鸡直冲费多尔跑过来，一头撞到他的膝盖上安静下来，找个地儿藏起来了。

蜡烛一下子被风吹灭了。有什么东西重重地掉在了地上，似乎是木霞姑姑因为过度紧张从凳子上摔下来了。在桌子上方，旧货商人索洛维伊惨白的脸浮现出来，像被卷边的云彩遮挡的月亮，地段警察凭借声音认出了他。

"全都坐着别动！"他的声音颤抖着，"我有枪！乱动就开枪了！"

"但没有子弹，"费多尔清清楚楚地想了起来，他从沙发上爬起来，胳肢窝下夹着那只母鸡，一步一步走向旧货商人，"现在就开枪打死你！"

"站住！"索洛维伊大喊，他嘶哑的声音就像每天早上第一只打鸣的公鸡，"我开枪了！"

黑暗中突然响起了急速猛烈的呼啸声，好像炮弹射击发出的声音。一个薄薄的、锋利的半月状物体划破了地段警察的脖子。母鸡掉到了地上，费多尔用双手抱着自己受苦受难的脑袋，这颗脑袋终于是要掉了。在临死前他清醒地做出了结论："在履行职责时死才算死得漂亮！可是，子弹是从哪儿来的？"于是他倒在了地板上，把一大片茸毛震得飞起。

应当承认，地段警察没有直接参与这一错综复杂的事件的绝大部分。这并不是因为他成心想要逃避，但总的来说造成这个结果的有很多原因。费多尔失去知觉躺在沙发上，等到再次恢复意识的时候他被周围的状况惊呆了。

房间里开着大灯，刚刚点过蜡烛的气味还没有消散。旧货商人索洛维伊被绑在了格架旁边的一把椅子上，一只眼睛瞎了，浑身上下都沾满了杨絮，简直像个傻子一样。木霞姑姑在他跟前来回溜达，摇晃着两把左轮手枪。

"从小到大，好吧，从没有一只母鸡靠近过我，"索洛维伊抽泣着，结结巴巴地说道，"不知道，好吧，到底为什么？难道我身上有难闻的味？"

木霞姑姑把某张照片伸到他眼前。

"认识他们吗？"

"我这个人，好吧，从小到大没有朋友，没有熟人。"他抽着鼻子，发出了一个奇特的声音，听上去像柴火燃烧的噼啪声，又像嘶哑的哨音，和小马驹的嘶叫有些相似。

"其他人去哪儿了？"地段警察的声音突然响起，"那只母鸡，还有其他的人。而且我好像还被枪打中了！"

木霞姑姑走向费多尔，坚定地看着他的眼睛。

"这一切都是梦。"她一字一顿地说，"您的脑袋被门撞伤了。睡吧，睡吧，睡吧。"

"不不！千万别睡，长官！"索洛维伊大喊，"这个傻娘们要把我弄死了。先是诅咒，然后放母鸡追我，现在又想用杨絮毛！我已经，好吧，快被杨絮的茸毛闷死了！我浑身抽搐，大脑缺血了！不知道她到底想把我怎么样！我打的是一把带哨子的水枪。本来想开个玩笑，但是长官您，好吧，没理解我的意思。帮我解开吧，我把我知道的全都告诉您……"

"您说的话太难理解了！"姑姑打断了索洛维伊，"您就像麻雀一样爱撒谎，花言巧语太多了！"

费多尔·楚尔这一次长记性了，他小心翼翼地从沙发上站起来。该出手干预了，应当马上阻止木霞姑姑和她的母鸡继续胡作非为下去。他先将两把手枪都拿到自己手上，一把带哨子的水枪，一把没有哨子和子弹的真枪。费多尔一时半会儿没反应过来，应该把哪一把装到皮套里。至于为什么在这间屋子里，和疯疯癫癫的姑姑以及一个被绑起来的旧货商人在一起等问题就更搞不清楚了。

"那么，"费多尔坐到了桌子旁边，"这儿有没有书之类的东西？最好是厚一点的。"

木霞姑姑迅速从格架上抽出一大本厚厚的、看上去很沉的书，书的名字叫《金矿勘探》。

"不错，很合适，"费多尔点了点头，肯定地说，"现在挨个把右手放在上面。右手还是左手来着？"他有些迟疑。"不，最好还是右手！发誓自己说的是真话并且只说真话。谁要是撒谎，我直接就把他打死！"他一边说着一边用手枪比划了一个威胁的动作，只是不知道用的是哪一把。

姑姑如行云流水般飞快地把过去一天发生的所有事讲了一遍，一直讲到彼得·加姆博耶夫打了索洛维伊眼睛一拳，准确来说不只是打，而是狠狠地揍，其他的嫌疑人们见状也一哄而上把索洛维伊绑起来了。

刚被母鸡、咒语、殴打和杨絮弄得半死不活，现在又要进行什么恐怖的发誓，旧货商人感到自己的生命受到了新的威胁。于是他开始"唱"了起来，仿佛真正的夜莺一般。

"是是是！欧克季亚布尔老头，好吧，在我的工作间，挑拣废品呢。他是自愿来我这儿的，现在正过着隐士般纯洁无瑕的生活，只靠面包和水维持生命，只和一只鸟说话。我向他保证了，好吧，不告诉任何人！可在刑讯逼供的时候实在没法再隐瞒下去了！"

索洛维伊像孩子一样号啕大哭起来。他是如此痛苦绝望，身下破旧的椅子剧烈地颤抖起来，眼看着就要散架了。

"姑且就认为是那样吧，"费多尔·楚尔见过不少假惺惺的眼泪，于是他接着说，"但是这中间有空白的地方！"他扶着椅子，看向旧货商人沾满泪水的脸，像一只盯着空食盆的饿狗："金子在哪儿？"

"什么金子啊，长官？"姑姑插了一句，她今天比平时还能装傻充愣，"还是撞伤的后遗症！可能是眼前冒金星了吧！我往您眼睛上吐一口吐沫，就全都好了！"

地段警察窜到了姑姑跟前，为了以防万一他眯起眼睛，看起来活像一只贻贝类的软体动物。

"这又是什么俏皮话？"他用带哨子的水枪朝天花板开了一枪，"玻璃鱼缸里金沙的痕迹！您自己说的！"

木霞姑姑乖乖地低下头，走到餐柜和格架中间，靠在墙上。

"得了，子弹已经全部打完了！老实说，我撒了谎，为的是使欧克季亚布尔失踪案件引起您的重视。我再说最后一句话——真相和时间比金子更宝贵。"

地段警察费多尔·楚尔和旧货商人索洛维伊突然陷入了沉默，不由自主地思考着有关什么更宝贵的问题。周围充斥着一种特别的、少有的寂静，好像房间里是空着的，没有一个活人。而在这里的所有人仿佛都变成了多余的，和房间里的一切格格不入。这片寂静像一个气球一样逐渐膨胀，然后突然爆炸，被挤出了门外。

木霞姑姑给索洛维伊松开绳子，费多尔拿上了自己的军用腿包。他们来到了某一条陌生的街道上。天上挂着一弯新月，通古斯陨石留下的缝隙从西到东横贯了整个天空。因此，和往常的这个时候一样，觉得心脏被揪紧了。他们迫切地想知道到底什么更宝贵，金子、真相还是时间？

"这取决于质量。"费多尔说道，用靴子踢上了门。他的鞋跟上有一个很特别的铁掌，那是他的警察徽章，上面雕刻着双头鹰的图案。无论他去哪儿，身后总有一群鹰跟随着。在我们城市大家都知道费多尔·楚尔走过的路，只要看土路上留下的鹰就行了。

然而这一次双头鹰的两个头都指向了旧货商人索洛维伊的小屋。

"能用鹰占卜吗？"费多尔问木霞姑姑。

"哪儿能高攀上它们啊？"姑姑回答，"飞行的动作看不见，鸣叫的声音听不到。都高傲着呢！咱们这些鸡毛蒜皮的小事它们根本不屑一顾！"

"但是您最喜欢的乌鸦经常冤枉人，"索洛维伊吸了一下鼻子，"对无辜的旧货商人恶意中伤。"

"呃，真抱歉！不是所有时候都能得到完全正确的结果，总有一些没被清除干净的表皮，"姑姑心平气和地说，"然而最重要的是内核！现在我们马上就能看到它了。"

他们走到了一个小丘陵跟前，在夜里看起来既像一个破窑，又像一个防空洞，还有点像一个装了门的坟头。

索洛维伊累得呼哧带喘，打开挂锁的时候摆弄了半天，地段警察甚至觉得他是不是在暗中盘算着什么。但是费多尔实在不想在一天之内撞开两扇门，上次撞门时被撞坏的脑袋还没完全恢复。他觉得脑袋里好像形成了一个破洞，风往里呼呼地灌着。这种新鲜的感觉并不坏，但还需要一段时间适应。

终于，门轰的一声敞开了。门扇摇晃着，发出嘎吱嘎吱的声音。面前出现了一个类似鸟窝兽穴的东西，或者根本就是一个坑。一股墓室的气息从里面散发出来。

"请进！请进！"索洛维伊兴高采烈地邀请另两人走进仿佛地狱一般黑咕隆咚的小屋，"马上，好吧，马上就亮了……"

他的话音没落，一盏小灯亮了起来。但灯光是那么的昏暗，简直像从天文望远镜里观察到的星云一样。那类似萤火虫的微弱光亮只能让人勉强看清手指。

"这儿就是废品仓库！"旧货商人的声音一会儿从左边，一会儿从右边传过来。

在自己熟悉的环境中他又活过来了，开始滔滔不绝地说这说那，好像一个很有经验的导游来到了一个刚刚重新开放的博物馆里。

"废品意味着效益，或者利益！所以这里到处都是有益的原材料。请当心点，把脚抬起来！你们知道什么是原材料吗？不，你们不知道，好吧！它是某些东西或者物品，首先是一种劳动的产品，之后经受时光的影响，而现在，好吧，需要加工和翻新。你们能理解吗？这是一种起死回生的哲学！废品是一种人生的反映，它们全部都是有益有利的，甚至死亡本身也是！"索洛维伊直接冲着地段警察的耳朵大喊。

姑姑在听索洛维伊说话的同时眼睛也在逐渐适应屋里的光线。尽管那盏仿佛红矮星一般的小灯还是一样的让人什么都看不清。

木霞姑姑环视四周，在这个地下的小宇宙里的某个角落发现了一个惨白的小灯，于是她走了过去，走不了几步就会被地上的废品绊一下。按照索洛维伊的说法，这些废品正处于由死到生过程中的停滞阶段。姑姑被尖锐锋利的钩子或者弹簧钩住，膝盖磕到了铁皮箱子，磕得生疼，一屁股坐到了一个很深的洗衣盆里，鞋给弄丢了。接着她费劲地越过了一座松散的沙丘，从扣子上可以看出来是衣服堆成的。在由一群毛绒玩具和缺胳膊少腿的洋娃娃组成的军队中挤出一条路。终于，她来到了一个类似碗橱的巨大柜子前，用手摸了摸，绕着它走了几圈。这个柜子使她想起了中国的万里长城。

姑姑一点一点接近了那条界线，再踏出一步就是如悬崖峭壁一般无法遏止的惊慌。她已经很久都没听到索洛维伊的声音了，最后一个传来的词是"死亡"。姑姑明白自己找不到返回的路，呼救也是徒劳无益的，这些贪婪地渴求生命的原材料会吞噬一切声响。这是多么可怕又多么耻辱啊，光着脚在一堆废品中迷路。

木霞姑姑叹了口气，绕开了那个庞大的碗橱。突然，她看到了一个老头。他端坐在一堆树枝上，上面长着绿叶，开放着粉色的、与季节不相符的花。怎么说呢，老头的脑门上写着十月！不是八月也不是二月，正是欧克季亚布尔·彼得罗维奇。他看起来白白胖胖的，和他肩上那只红眼睛的鸟一样。

他似乎没有发现姑姑，像个瞎子一样透过姑姑看了过去。如果他能看见什么的话，也肯定不是这个世界上的普通人肉眼可见的东西。

在他面前放着成堆的垃圾和破烂的碎片，这些之前都曾经是有用的东西。欧克季亚布尔用手摆弄着面前的东西，使它们运动了起来，先是慢慢绕着圈旋转，接着旋转速度越来越快，开始螺旋上升，制造出了一个微弱的光柱。就在那时欧克季亚布尔·彼得罗维奇轻微地动了一下嘴唇，肩上的鸟清晰地说了一句"穿鞋"。瞬间，光柱缩短到和树桩差不多的高度，变得黯淡下来了。在之前摆放破烂的地方出现了一双铬鞣革皮靴，和费多尔的那双一模一样，而鞋号大概是姑姑的。

木霞姑姑感到十分激动，她甚至觉得世界上再也没有什么能让她吃惊的事了。她的意识就像一个狭小的木屋，已经什么都放不进去了。整个白天半个晚上都处于一种着魔的状态。然而，向潜意识的地窖里望一望的话，姑姑就平静下来了。解释迟早会找到的，如果不是现在，那么就在清醒之后。

她试了试靴子，吻了吻欧克季亚布尔·彼得罗维奇毛茸茸的脑袋，跟在不知是什么种类的小鸟后往回走。一鸟一人在茫茫的垃圾海里绕了很久，途中似乎还交谈了几句。前方出现了模糊的灯光，旧货商人和地段警察的声音也能听见了，他们似乎在谈论关于效益和利益、时间和金子的问题。小鸟和木霞姑姑告别后，又飞回到欧克季亚布尔·彼得罗维奇肩上。

他就这样在潮湿阴暗的角落里、在破旧的碗橱后边生活了整整一年，赋予这里的一切以新的生命。在下一个十月他又一次消失了，再也不会回来。这一次不是被风带走，而是由自己的意志决定的。现在他在那个世界，一个没有原材料，只有纯粹的、完全的废品的地方。

实际上，关于这件事没有一个人知道，因为姑姑在那之后决定再也不和鸟儿们交流了。鹅是一个特例，她在圣诞节的时候还是会做一道叫苹果鹅的菜。毫无疑问，她失去了某些东西，与此同时又获得了另一些东西。那双靴子她至今都没有穿坏。世界上的一切都是如此的安宁，尤其是在我们的小城市里。

比如，费多尔·楚尔在警察局养了两只芦花母鸡，为了在难以判断有罪嫌疑人的情况下使用。他的母鸡即使没有公鸡也能下蛋，这使费多尔十分震惊。"鸟真是神秘的动物啊！"他说，"从它们身上能知道很多东西。没准退休之后我就去养鸟了。"即使是现在，在遇到复杂麻烦的案件时，他也会在乌鸦巢底下站好几个小时，像士兵站岗一样一动不动。然而他没得到过什么有用的信息，因为制服大衣还是干干净净的。大概是没有能量联系吧。

至于真相和金子，玻璃鱼缸里的金沙在整整三年和三百六十五天之后才被发现，那也正好是我成人的时候。木霞姑姑把它作为欧克季亚布尔·彼得罗维奇的遗产转交给我。我不知道该怎么处理这些金沙，于是我把它放进了一个沙漏里。从那时起里面的细细的金沙已经无穷无尽地、不可挽回地漏了很多很多年。它计算的是什么时间？是谁的时间？这里的还是欧克季亚布尔·彼得罗维奇那里的？我不能肯定自己这一生有没有机会把这个沙漏倒转过来，哪怕只有一次。难道这需要鸟儿们的提示吗？通过它们的飞行动作和叫声……

雪　人

我们这儿有许多看起来很正常的疯子，虽然他们没有恶意，但这一点总还是让人觉得不怎么高兴。人们可以跟在他们身后满大街跑，一边纠缠着他们招惹他们生气，一边听他们说含糊不清的废话。

然而有一个几乎被驯服了的雪人——运水工科罗杰兹尼科夫。当然，他不是那种在偏僻的山地和丛林中偶尔能看见的三米高的巨人。我们的科罗杰兹尼科夫身高只有一米多一点，可以算是雪侏儒。然而从其他特征来看，他真算是一个货真价实的雪人。

无论是冬天还是夏天他都戴着一顶带护耳的皮帽，穿着一件毛朝外的羊皮皮袄，这使他看起来像个雕花大衣柜。他一次都没脱光过衣服，即使在洗澡的时候也是一样，隔着毛衣和衬裤擦肥皂。但通过他长着红毛的脸可以推测出，他浑身上下都是毛烘烘的。

人们只听到过他说两个词。"水来了！"他如同一只苍老的狼，低沉地嚎着，声音仿佛是从肚子里发出来的，一边吆喝着一边走街串巷地给大家运水。水装在一个巨大的铁桶里，由一头脑袋长得像公牛的矮墩墩的母马拉着。"混蛋！"当我们抓着铁桶不放，想趁机兜兜风的时候，他像一头驼鹿一样嘶哑地怒吼，挥动着手里的鞭子赶我们走开。总之，对于雪人来说他已经算话多的了。

那匹叫伏加斯的母马性格孤僻，从外形上看来很像一头若有所思的白尾野牛。除了它以外其他家畜都从不接近科罗杰兹尼科夫。猫一看见装水的铁桶就惨叫个不停，一直到晕过去。狗闻见他的气味，直接跑到八丈远了。鸟儿们倒是完全相反，它们跟在运水工身后飞来飞去的，有的直接落到他的皮帽上啄着什么，像是一群野牛身上的清道夫。

瓦迪克·斯维奇金有一天看到了运水工是怎么在小河里捞鱼的，他只用两只手，简直和狗熊一模一样。更可怕的是他把能装五百升水的大桶抬上车，好像是搬一截普普通通的圆木头。也可能水桶没有盛满。

没有人见过他在哪儿打水，怎么往水桶里装水。这种稀有的山泉水一直都没中断过，似乎那是一个无底的铁桶。在人群中慢慢流传开一种说法，桶的底部其实是钻石，因此水桶里的水是生命之泉，具有治疗的功效。实际也是如此，我们城市里爱喝水的人几乎不得病，老到一定程度之后会轻松地、毫无痛苦地死去。药店如果有人去的话，也只有运水工科罗杰兹尼科夫一个人而已。

从大桶里舀出的水还有神奇的效果。只要用它浇灌菜园，番茄和黄瓜都能长得巨大无比，看起来不是黄瓜而是西葫芦，不是番茄而是南瓜了。

科罗杰兹尼科夫不让人靠近运水的大铁桶，他总是用一把沉重的铁瓢亲自从里面舀水，然后一桶桶倒好分给大家。即使这样也还是会有水溅出来。冬天的时候铁桶上会渐渐结上一层冰，在铁桶上方升腾起缕缕白烟。

有时铁桶冻成了一座冰山，完全看不出之前的样子。这时，无论母马伏加斯怎么使劲，载着铁桶的大车都纹丝不动。运水工拿来凿子，仔细地把周围的冰凿掉，铁桶又变回之前的样子出现在人们眼前了，光滑得像一枚杏核。科罗杰兹尼科夫像对待昂贵的轿车一样用抹布把它擦干。

他经常去森林里。没等我们打探清楚他的行踪，他已经在密林中消失不见了。回来的时候他肩上总扛着一个塞得很满的口袋。他采摘到了什么？还是打到了什么猎物？谁都不知道。人们猜测他是去看望亲戚了，比如说雪人奶奶什么的，口袋里装的都是礼物。其中有用来铺桶底的钻石。

谁都不知道他是从哪儿来的，什么时候出现的。大概从远古时期开始他就一直在这儿生活着，一个人孤零零地住在破旧的小屋里，只有一个小窗，一扇没有台阶的小门。那或许是棚屋，或许是澡堂，总而言之是一个类似于野兽洞穴的地方。

离科罗杰兹尼科夫住的地方不远正好有一片被开辟出的空地，我和伙伴们经常在那里打棒球。

准确无误地将球用球棒击中，让它直直地呼啸着冲上天空，这是多么的愉快啊！或者单手把球抓住，将其中鼓动着的来自球棒打击的力量抵消，在这一过程中不用眼睛看，光凭感觉猜测球的飞行路径。"抓到德罗普卡了！"那时一定会兴奋地大喊，好像手里攥着的不是球，而是一只小鸟。"德罗普卡"是什么意思？即使被雷劈死我也不知道。也许实际上真的存在一种叫德罗普卡的灵巧的小鸟。其实，只要抓住飞行中的球，你也就抓住了德罗普卡，再怎么高兴都不为过，只是别被冲昏了头脑。

我们没玩几个小时，就已经是夜里了。有时球会从昏暗明灭的暮色中突然出现，在你还没来得及躲开的时候直直地打到鼻子上，于是眼前的世界也变得明亮了。有时候球会掉在草丛里，于是我们都趴在地上爬来爬去地找，像一帮抓青蛙和蜗牛的小瞎子，也像是在采蘑菇、捡苹果。最糟糕的情况是球飞到了科罗杰兹尼科夫的洞穴。很少有人自告奋勇去把球找回来，一般都是等到第二天。

有一次，高年级学生尼古拉·波德科雷金不知怎么把球打到了屋顶上，经过反弹后直接砸在了亮着昏暗灯光的小窗户上。他赶紧跑过去捡球，顺便朝窗户里看了一眼。结果什么都没看清，里面似乎到处都放着枕头，有绿色的，也有天蓝色的。之后他很快就长出了小胡子，紧接着是络腮胡子。"被传染了。"小伙伴们小声地嘀咕着。

据说，总是有这样一种人，他们比其他人更贪婪。在我们这儿的汽车工人库里洛夫就是这样的人，这是众所周知的事实。他什么活儿都能顶替。

那些钻石一直使他心神不定。库里洛夫经常跟着运水车，甚至还跟踪科罗杰兹尼科夫来到了药店，在那里运水工买了三个枕头，一个氧气枕，两个氢气枕，不知道是用来干什么的。库里洛夫还潜伏在科罗杰兹尼科夫的洞穴外观察他的生活，用望远镜监视着小窗户里面的情况，在树林里待了很多天，破解运水的路径。他爬来爬去，用鼻子到处嗅着气味。最终设下一个像捕猎熊一样捕猎科罗杰兹尼科夫的陷阱。

"看吧，肯定能得手的！"他一边等待着科罗杰兹尼科夫上钩，一边幸灾乐祸地想，"我可以肯定地说，一定能找到那些小石头，然后让臭气熏天的汽车厂见鬼去吧！"

不达目的不罢休的库里洛夫知道在哪里藏身，于是他总能得到一些战利品。他听见鸟儿们叽叽喳喳地聚集起来的声音，原来它们都飞到了被风折损的树木中央的一块空地上。库里洛夫探头看了一眼，只能艰难地找出科罗杰兹尼科夫，他在树林中简直和周围的环境融为一体了，仿佛是一截树桩或者一棵树干，又像一个鸟巢。运水工安安静静地捡着树根、树枝和各种小石头，这些东西连看都懒得看。

库里洛夫不敢相信自己的眼睛，多少时间和精力都白白浪费了！但在汽车厂工作的库里洛夫可不是那种遇到挫折马上就垂头丧气的人。

于是，在一个漆黑的、伸手不见五指的、通常都是为恶徒们准备的夜里，他偷偷地潜到了装水的大桶旁边，大桶摆放在科罗杰兹尼科夫的洞穴旁边的棚子底下，母马伏加斯在旁边睡着，它像牛一样的脑袋陷在了一个装着燕麦的口袋里，只有白色的尾巴还像个钟摆一样有规律地来回摆动着。库里洛夫的时间捉襟见肘，这一点他非常明白，因为运水工一天只睡不超过四十分钟。

库里洛夫麻利地、轻手轻脚地、像一只长脚蚊子一样飞到了大桶上，用手摸索着做工精致的挂锁，一把接一把地把各种汽车的钥匙插进锁孔里。这种简单的方法似乎在那把精致的锁的意料之外，于是在试到第七把钥匙的时候投降了。

他费劲地挪开大桶的盖子，那个盖子十分沉重，仿佛下水道井盖一样，光是挪开就已经累得气喘吁吁了。里面散发出天空和树林清新的气息，熏得库里洛夫直头晕。其实他已经很长时间没有觉得头晕了，因为他的刹车技术很好。他灵机一动，光着脚滑进了大桶里，桶里面看起来比外面要亮一些，于是库里洛夫又盖上了盖子，只留下一条缝。

水没到了膝盖的位置，温柔地触碰抚摸着库里洛夫粗糙的双腿。他用脚后跟到处摸索着，和他想的一样，感觉到了小石头的存在。所有感觉都指向同一个结论，那绝对是钻石。他深吸一口气，接着潜到了水底。水看上去特别深。桶底在陡峭的下方，隐藏在一片淡蓝色的薄雾中。库里洛夫对此不以为意，因为当时他已经被冲昏了头脑。作为一个习惯了在水下解开钓线拔出钓钩的人，他对自己的成功坚信不疑，只是该换口气了。

然而，当他再次浮上水面的时候，周围的一切让他觉得更加惊讶了。水没到了脖子，好像来到了一个完全陌生的地方。库里洛夫抬起双臂，想试着摸一下桶盖，但是非常可惜，什么都没有够到，头顶上是一片巨大的空间。此时，他的头脑里也变得一片空白。于是他举着手臂，踮着脚尖，步履蹒跚地朝着某个方向走去，似乎在向谁投降一样。

"好像迷路了，他妈的！"库里洛夫小声嘟囔着，他想起了亲爱的、友好的汽车厂，"我迷路了，可以肯定地说……"

第二天一大早，科罗杰兹尼科夫出门工作的时候，母马伏加斯突然奇怪地噗嗤噗嗤喘了起来，听起来更像牛叫的哞哞声。运水工甚至还听见了几个词！他妈的，迷路了什么的。然而这匹母马在城里的街上从来都是自信地一路小跑。

科罗杰兹尼科夫吁了一声把马停下，神色凝重地走到马头前边。但母马用无辜透明的眼神望着运水工，这使他心生疑惑。于是他竖起耳朵仔细听了听，这才搞明白原来哞哞的声音是从桶里传来的。把水桶盖打开，科罗杰兹尼科夫看到水上漂浮着一朵白花，不知是荷花还是睡莲，花的中间有一双浮肿的眼睛。

当然，这其实是库里洛夫泡得浮肿的脸，整个卷入了一团树根、树枝之类的东西里。那画面实在是难以想象。在漫长的几秒钟之内他们互相看着对方，库里洛夫急着想挣脱缠身的草，向前游一段。然而仿佛像是在做梦一样，桶里的水突然变得黏稠起来，冻结成了冰块。

"混蛋！"运水工大声呵斥，一把揪住库里洛夫的耳朵，把他从桶里提了出来，像拔水草一样。库里洛夫觉得自己变成了见鬼的菱角，用拉丁语说又是另外一回事了。

由于吸了太多的水，库里洛夫连站都站不稳，他摇摇晃晃地走向了汽车厂。他晕头转向的，可能他的刹车永久性地失灵了。

他在床上躺了几天，恢复了精力。之后他像俗话中所说的那样开始"写作"。从出生开始库里洛夫就没写过什么东西，上学的时候也经常逃学，而现在他竟然坐在桌前，规范地写着什么"声明书"。他想了想，把声明书三个字划掉了，诚实地写上"告密书"。

"公民科罗杰兹尼科夫的水是伪造的。他的水桶里装了好多树林里的破烂，然后还把枕头里的氢气和氧气吹到桶里。

两枕氢气，一枕氧气！"库里科夫好像被噎了一下，断断续续地写着，"他向桶里吹气，念咒语，笑一下，水就被变出来了，真他妈的！我请求对水进行化验，还有那个没有顶没有底的可疑的水桶。最该注意的是运水工本人！我说的都是实话，您一定会了解的。还有母马伏加斯也要检查一下，他妈的，那到底是不是马都不能确定。或许只是一个用尾巴计算时间的东西。"他写完信，在末尾签上了名字"汽车厂的好心人"。

地段警察费多尔·楚尔之前从没碰见过运水工，因为在他住的地方有自来水。由于最近总的来说没什么事，于是他积极地响应了某人的告密，给科罗杰兹尼科夫发了一张通知，把他叫到了警察局。

"真是个丑八怪！"费多尔·楚尔看着在警察局的大灯照射下运水工的脸想到，"和人不怎么像，倒像是某种猴子！"他从军用腿包里取出本子，准备记录口供，于是他从没什么关系的事开始问起：

"为什么不来参加选举？"

或许是问题太八竿子打不着了，在三小时之内本子上一行字都没写下来。并不是因为运水工拒不招供，在他有点发绿的眼睛里可以读出同情和提供帮助的愿望，然而却找不到合适的词来表达。

"怎么不说话，你这个畜生！"费多尔·楚尔生气地问道，差点抑制不住地说脏话，做出一些粗鲁的行为，"知道么，混蛋，沉默只会使你的罪行加重。"

运水工突然咧开嘴笑了，仿佛一只理解了主人说的笑话的宠物狗。

"金……金子！"他高兴地尖叫。

"什么金子？在哪儿？"费多尔从座位上跳起来，"你想贿赂我？"

问题的焦点一下子从选举转移到了金子上，但是结果还是同样的。工作日结束了，本子上只写下了两个名字，运水工本人和他的马。那匹母马实际上叫伏加，科罗杰兹尼科夫却给它起了个更奇怪的名字"希尔瓦尔里"。

"从没听说过这种稀奇古怪的名字，"费多尔·楚尔想，"而且还是给马起的名字！"感觉发现了某些重要的信息，他愉快起来："而且他还是一个外国人，不会说俄语！可能是间谍或者特务之类的。用丑陋的外表分散注意力，暗地里毒害人民群众。"

"我一定会揭穿你的真面目的！"费多尔信誓旦旦地保证，接着把科罗杰兹尼科夫带到了羁押室。

只剩下自己一个人了，运水工科罗杰兹尼科夫警觉地环视了四周，觉得仿佛置身于一个陌生的洞穴里。他嗅了嗅房间里的气味，试着用手拨开像疯长的蘸草一样的金属栏杆，又回到了原地。他似乎喜欢上这里了。这里的气氛很严肃，没有多余的东西，只有一张床，地板和周围的四堵墙，而且气味也和野外完全一样。只有一件事使他痛苦不安，那就是桶里的水生病了。"在什么样的泥潭里可以打捞魔鬼呢？"运水工科罗杰兹尼科夫陷入了沉思。他一整夜都在小声地念叨着什么，快天亮的时候才清楚地说了一句："一切不幸都会销声匿迹，逃到水中！"然后小睡了四十分钟。

实际上，还没过三十分钟，他就被叫醒了。地段警察费多尔请来了动物学家沃尔格达夫来对运水工进行鉴定。

很久以前沃尔格达夫就见过运水工科罗杰兹尼科夫，还从远处用肉眼对他认真地观察了一番，尤其是那颗毛茸茸的脑袋，横着竖着看了老半天。因此他现在非常兴奋，这次可以近距离地合法地检查了。他最为感兴趣的是运水工的下巴，换句话说就是颌骨。沃尔格达夫有一套啮齿动物和反刍动物专用的颌骨测量仪器。真实的实验对象就摆在面前，他已经迫不及待地想马上开始试试这套仪器了。

沃尔格达夫还叫来了木霞姑姑，一个偏重猫方向的兽医来当他的帮手。总的来说，一个小型的会诊。

他们在警察局专用的凳子上就座，一边仔细端详着运水工，一边无奈地摇头。发灰的乱发好像暮色中浓雾弥漫的树林，很难透过它了解到什么有用的东西。只有一双没睡醒的眼睛无动于衷地望过来，仿佛沼泽中的一个深坑。

"同事们，咱们不如给他剃剃头吧！"木霞姑姑建议说。她这个人最不能忍受邋遢，每个礼拜都强迫我剃头，还必须是板寸。

"没错！"费多尔·楚尔大喊，他似乎被"同事们"这个词打动了，"现在该揭露这个人的真面目了！"

他在保险柜里为数不多的证物中找到了一把安全的剃刀和一块干硬的香皂头，香皂上面被绳子磨出很多条深痕，这在过去是尝试自杀的工具。费多尔想给运水工戴上手铐。但科罗杰兹尼科夫非常乐意地把脑袋探了过来，好像等了很久终于可以出门遛弯儿的狗戴上项圈那样。

剃头的过程比较顺利。不怎么锋利的刀刃可以勉强把运水工的硬发剃下来。动物学家沃尔格达夫时不时地用手指摸着科罗杰兹尼科夫的头盖骨。木霞姑姑也冒出了一些愚蠢的提议，比如该留什么样的鬓角，直的还是斜的之类的问题。费多尔·楚尔感到无比痛苦，暗暗地咒骂着自己的警察职业。然而，随着头发的逐渐减少，一张和人类相似的脸完完全全地显露了出来。即使有的地方头发没有剃干净，还一根根地立着。

费多尔·楚尔简直想撒手不管了，之前的多少努力全都白费了！期待着能发现一张野兽的脸，而现在怎么样？真令人大失所望。脸还是那张脸。的确，运水工看起来很奇怪，总是一副空虚的表情，好像经历暴风雨肆虐后的树林，但从没有见过像他那样的！

与此同时沃尔格达夫和木霞姑姑开始对科罗杰兹尼科夫进行测量。动物学家口述，费多尔将数据记录在本子上，虽然他什么都不懂。

沃尔格达夫把测量仪器固定在运水工头上，突然大叫了一声："太神奇了！"运水工科罗杰兹尼科夫的头盖骨非常大，但是尺寸仍处于合适的范围内。在头顶的地方有一块凸起，好像鸡冠一样。

另一边，费多尔被水龙头搞糊涂了，但是又不好意思直接问。他突然想到："所有伪造的水或许都是从那儿流出来的，从眼前的这个水龙头里。"

而沃尔格达夫自言自语的声音越来越大，他的手指在运水工的头盖骨上摸索来摸索去，仿佛一名弹奏赋格曲的钢琴家。

"没有舌咽神经！迷走神经也是缺失的！但是却有三对多余的，不知道有什么作用！"

"而且还长了狼的嘴巴、熊的耳朵、兔子的嘴唇……"姑姑补充说，脸色有点苍白。

两个人结束测量后，运水工又被送回了羁押室。费多尔·楚尔匆忙地翻看着本子上的记录，开门见山地问他们：

"所以，他是人类吗？"

"是类——人——"姑姑拖着长声唱了出来，一个简单的词在她口中变成了一整首浪漫曲。

"我家里的猪崽也和人很像。难道也能叫类人吗？"费多尔不屑地哼了一声，"我想知道，他到底是什么属什么种，这个长着奇怪脑袋的家伙。"

"怎么说呢，他不是雅利安人，"姑姑叹气，"他的脑门没有七寸宽！没错吧，同事？"

沃尔格达夫漫不经心地点了下头：

"是啊，是啊，总共只有七厘米。但肩膀却有七十厘米，那可是整整一俄尺呢。"

费多尔·楚尔不知为何也量了一下自己的额头，结果他发现自己的额头大小和运水工完全一样。他又用手仔细摸了摸脑袋，居然也摸到了一个类似鸡冠的凸起，在头顶上！

"不是雅利安人，你们是这么说的。"费多尔大声抽了一下鼻子，"有股种族主义的味道。"

"您这是说什么啊！我们只是站在解剖学的角度，得出的结论也只有关人体。"木霞姑姑努力为自己辩护道，"谁知道他的灵魂又是一番什么模样？"

"大概也是一片昏暗吧，"费多尔冷笑着，露出了满口的牙，"嗯，他不是吃人的怪物，这就好办了。没有犯罪的情节，应当释放。"

姑姑像一个弄掉了一半雪糕的小姑娘一样紧皱着眉头：

"我还想再观察一下……"

但地段警察费多尔·楚尔已经走出了办公室。

"所有人都是兄弟！"他对科罗杰兹尼科夫说，"无论年长还是年幼。你现在可以走了，死脑筋的运水工。找一个能养活自己的活，光是运水油水太少了！"

运水工科罗杰兹尼科夫走着回到了家，一路上被风吹得瑟瑟发抖。他的脑袋被剃得光溜溜的，就像一截新砍下的原木，只是没有发现年轮。到家以后他首先往水桶里看了一眼，自己剃头以后的脸倒影在水面上，好像一朵睡莲。于是他一头扎了进去，完全沉入水中，之后谁都没有再见过他。

当然，这只不过是为了追求华丽的辞藻。事实上并不是这样！实际上他直到现在还在用那个大铁桶运水。他脑袋上又长出了乱蓬蓬的毛发，仿佛老木桩上滋生的苔藓，而且还从不剃头。用水衡量着一年又一年的时光。他还是和以前一样沉默寡言，但是看上去和蔼了许多，甚至变得温柔了。仿佛他已经不再是一个雪人，而变成了一个水人。

大桶里的水恢复了活力，继续发挥着治愈他人的功效。许多人为了喝科罗杰兹尼科夫的水专门来到我们的小城市。

在那天夜里喝了很多水的库里洛夫，在偶然间发现了一把通用扳手，但是不是用来拧螺丝的。他找到的其实是一眼泉水，从泉眼中涌出源源不断的细流，有时也会像喷泉那样溅出水花。

高年级学生尼古拉·波德科雷金考进了首都的大学，一年之后就毕业了。

"你为什么这么聪明？"教授们问道。

"因为我们那儿的水好啊！"长着小胡子和络腮胡子的尼古拉·波德科雷金回答，"水里有氢元素和氧元素，而且还有运水工科罗杰兹尼科夫。"

而这个运水工是从哪里来的，是什么类什么种，是雪人还是水人，以及为什么给马起名叫"希尔瓦尔里"，即使被雷劈死我也不知道。大概这就和德罗普卡是什么意思一样，是一个未解之谜。只要心情愉快地喝他桶里倒出的水，别蒙人，你的结局就会像活水一样。

邻居斯维奇金

我心中的阿纽塔

瓦季克·斯维奇金长得很像最初的几个太空访客中的一个。名字我记不清了，不知是别尔卡，还是斯特列尔卡，总之是其中的一只莱卡狗。似乎是叫别尔卡的。

这种相似程度在冬天的时候达到了最高，瓦季克穿着皮毛大衣，戴着有一双耷拉下来护耳的帽子，活像一条狗。

瓦季克的帽带经常会结冰，冻成硬邦邦的一条，因此总是很难摘下来，仿佛一个密封的容器，又像是一顶头盔。

第一堂课他经常戴着帽子坐在座位上听课，等帽带融化变软。这时他的脸就像隔了一层玻璃，看起来尤其明亮梦幻。怎么说呢，就像聪明的别尔卡那样，好奇地从宇宙飞船的舷窗向外遥望着地球，但是却无论如何都不明白，那个东西到底是什么。

最终，他的帽带被换成了扣子和活结，但是带有五角星的军用金属扣子还是冻在了下巴上，也赖他无论如何都不同意用其他的扣子。他自己还说过，不管怎样第一堂课都要戴着帽子。即便是体育课，在暖气烧得很热的体育馆里也从来不摘下。穿着背心裤衩，戴着护耳帽子的瓦季克看起来非常健康，像一只修剪得非常整齐的卷毛狗。

如果第一堂课是班主任安娜·巴甫洛夫娜的音乐课的话，瓦季克也不得不费劲地把帽子脱下来，像撕下一块头皮一样痛苦，鼻子蹭破皮，耳朵也弄得脱臼。因为他不能不唱歌。那时我们学会了一首歌："尽管宇航服对我来说有点紧，但我仍然想要飞翔。"瓦季克唱歌的声音非常尖细，"有点"这个词总是发不准确。这是他最喜欢的歌曲，总是一整天一整天地哼唱着。

他曾经向我承认，一整夜的时间都在梦里飞行着，在浩瀚无边的宇宙中。他需要时间降落到地球上，否则的话他会不明白自己究竟来到了什么地方。

"海洋深处的潜水员们需要慢慢地上浮，"他解释道，"我也是同样，需要一个循序渐进慢慢适应的过程。帽子可以起辅助作用。"

"那你是怎么飞行的？"我准备打破砂锅问到底，因为自己也时不时地飞过几次，但不是作为专业人士，确切地说来只能算爱好者。我飞得不是特别高，有时候会碰到树顶，在房顶上稍微休息一下，或者只飞离地面一米多高，欣赏美丽的草地，闻一闻芬芳的鲜花。多么轻松愉快啊。那时我清楚地知道如何飞起来，只要蜷起双腿，张开双臂，再用力蹬地就行了。总体上来说没有什么复杂的，然而我一次都没有飞到过云彩上。

瓦季克和我完全不一样，他总能在银河系中飞行，在恒星、星云甚至是黑洞之间自由地穿梭！这里肯定有特殊的技巧和某些秘诀。

"我不告诉你又会怎样？"瓦季克回答，"我想飞低一点，那样还能飞到谁家的窗口。可是我每次都像火箭一样，一下子就飞到外太空去了。那儿太遥远，我害怕迷路，而且那儿也太孤独寂寞了。"

总之，还是有秘诀存在的，也可能是秘密。瓦季克·斯维奇金变得内向、神秘起来了。之后他干了一件特别出格的事，以前无论如何都不敢想象这样的事会发生在他身上。他毫无理由地和已经长出小胡子的高年级学生波德科雷金打了一架。那个长着乱蓬蓬头发和小胡子的家伙即便是看上去也已经够可怕的了，但瓦季克不知从哪儿冒出的胆量，居然敢冲他挥舞拳头。那简直就像太空访客别尔卡扑向一头熊一样。波德科雷金只是呼哧呼哧喘着气，用力把瓦季克推到一旁的雪堆里。而瓦季克只是一次又一次地扑上去拽住波德科雷金大腿不放，不时发出哀号的声音。全校同学都跑来围观这场搏斗。最终，惊慌失措的高年级学生像钻山洞一样跑回自己家里躲起来了。取得胜利的瓦季克·斯维奇金满脸通红、浑身被汗湿透地站在门外的台阶上，头上仿佛出现了明丽的弧形彩虹。

冬天快过去的时候瓦季克喜欢上了劈柴，他严厉的父亲、伐木工人萨什卡叔叔为此感到十分高兴。从学校一回来，瓦季克马上就拿起斧头劈柴，一直弄到黄昏。他先劈够自家用的柴，接着又开始劈邻居家里的木柴。许多同学在无意间被传染了，也开始劈柴。很快，瓦季克建立了一个名叫"劈柴斧"的兄弟会，入会条件是手掌上新磨出的水泡。会员见面的时候互相伸出手，手心朝上，摆出一副准备玩游戏的架势。他们通常先交头接耳地说一会儿话，然后将劈柴的立方米记录在一个专门的练习本上。"劈柴斧"兄弟会会员们的生活开始变得充满乐趣，每天早上醒来的时候都是面带微笑的，因为知道除了上学以外，等待他们的还有劈柴活动。而那些家里有集中供暖的同学却都茫然若失地来回晃荡，因为不知道该干什么。其实，"劈柴斧"兄弟会很快就消失了，就像手掌上的水泡一样。

萨什卡叔叔没高兴多长时间。起初他发现，瓦季克换了
一首歌唱。他不再专注于那首著名的、通俗易懂的关于宇航
服的歌和发音不准确的"有点"，而是没完没了地唱着："我
心中的阿纽塔！我心中的阿纽塔！"尾音被拖得很长，仿佛
恶魔的尾巴。

当时，萨什卡叔叔甚至想到为了以防万一抽打一下瓦季
克。正在犹豫不决的时候，他偶然在柴堆里发现了一本日记，
后四分之一的部分还有批注。找到自己古老的，早在五年级
时就已经挖地三尺埋起来的日记本，他先是觉得非常尴尬，
脸变得通红。当萨什卡叔叔回过神来，弄清楚这本日记究竟
是谁的之后，他抓起一段刚劈好的木柴冲向了后院，从那里
又传来了："我心中的阿纽塔！"

没有任何不好的预感，就像面临一场突如其来的风暴的
渔夫一样。瓦季克正在整理着绳索，把缠在钓线上的长毛解
下来。他一边干活，一边小声地唱着阿纽塔之歌。突然一股
不知从何而来的强力把他从凳子上揪了下来，紧接着抛到了
春日和煦的天空中。瓦季克觉得此时此刻自己真的要飞到外
太空了，但实际上只飞到了醋栗丛稍高一点的地方。他被伐

木工父亲有力的手提着，晃来晃去，仿佛一个装了好几双鞋子的口袋。

"狗崽子，你跟我说说，什么是阿纽塔？"萨什卡叔叔猛烈地摇晃着手里提着的瓦季克，好像在摇晃着著名的别尔卡的私生子一样，"赶快承认！可恶的狗崽子，你心中到底是谁？"

瓦季克从头到脚都缠上了钓线，又被当作脚垫抖落了半天，只能接着唱。

"我心中的阿纽塔，"他假装哽咽了一下，"隐藏着俄罗斯精神。"

这样的后续发展是萨什卡叔叔怎么也没预料到的。当谈到精神，尤其是俄罗斯精神时，他完全陷入了不知所措的状态。他就像一碗红菜汤被端到了冰天雪地中，很快就冷下来了。于是他仔细地把瓦季克放到了凳子上，抚摸着手里的木柴发愁。

"儿子，你知道吗，"他叹了口气，想起了那本日记和模模糊糊的"教育学"，"这首歌当然很好，但这里的阿纽塔是多余的。多余的，知道吗儿子。歌词改成'我心中的爸爸，隐藏着俄罗斯精神'就好得多了。还有为什么它是藏起来的？"萨什卡叔叔又皱起了眉头。"俄罗斯精神应该坦坦荡荡地表现出来。牢牢记住吧，儿子！"说着他用木柴轻轻敲了下瓦季克的脑门。

他对于自己能运用教育学的方法弄清精神和阿纽塔感到十分欣慰，并且第一次产生了去学校参加家长会的愿望。他想和老师们谈谈，听听他们对于瓦季克能力的评价，还能确认是否真的有一个把少年迷得鬼迷心窍的阿纽塔。就这样，在暑假前正好赶上了家长会。

一大早，萨什卡叔叔就带着瓦季克出发去了城里的澡堂。他们洗了澡、蒸了桑拿，在澡堂里待了整整一天。两人出来时脸上都红扑扑的，显得容光焕发。

"啊，真幸福啊！"走出澡堂的时候萨什卡叔叔大喊道，"知道吗儿子，这就是胸怀坦荡的好处！精神会高兴得唱起歌来，挥舞着翅膀，似乎马上就要飞上云霄。今天是多么美妙的一天啊，开家长会的日子！"

瓦季克也感到了一种幸福，仿佛像在梦中，只要稍微扇动翅膀，马上就可以飞起来。

头顶上天空耀眼的光芒倒影在脚下水坑里，从各个方向包围着瓦季克。周围黑色的肥沃的泥土看起来也熠熠发光，突然想挖蚯蚓了。只是家长会就像远方地平线上的一片积雨云一样。瓦季克灵机一动，想到了一个办法。假如自己飞一下的话，至少可以稍微转移一下爸爸的注意力，让他在开会的时候别那么紧张，也别去调查关于阿纽塔的事。

瓦季克默默地做好了飞行的准备，当他们两人走出离澡堂大约一公里时，他就像给我讲解的那样，蜷起双腿，张开双臂……结果他真的飞了起来！自己都不敢相信。

当然，他飞得不高也不怎么远，只到达了最近的一个倒映着天空的水坑。降落的时候瓦季克还差点摔了个跟头，脏水溅得萨什卡叔叔满身都是。万幸的是，他的精神现在还在唱歌，挥舞着翅膀。于是他只把瓦季克提了起来，像一根从菜畦里拔出的胡萝卜一样，又回到了澡堂。

"你怎么回事，平地上也能摔跤。"萨什卡叔叔给瓦季克清洗身体，好像有点不高兴，"四周一派欣欣向荣的景象，你倒好，掉到泥坑里变成个丑八怪。"

他们洗完澡，身上也晾干了，于是再次走出了澡堂。天气似乎变得更好了。到处都是蓬勃生长的郁郁葱葱的草木。鸟儿上下翻飞，叽叽喳喳地叫个不停，好像下一秒就会开口说人话。

"唉……"萨什卡叔叔重重地叹了口气,"好好看看吧,儿子,你会看到天使!"

他抱了瓦季克,开始唱关于宇航服的歌。瓦季克也不由自主地跟着唱了起来,尽管他脑子里想着另外一件事。于是干净整洁、神清气爽的两人互相搂着齐步走完了剩下一半的路程,终于来到了开会的地点。

在俱乐部旁边他们遇到了彼得·加姆博耶夫。萨什卡叔叔正好停下来抽烟,于是他和加姆博耶夫谈论了许多关于拳击的话题,什么击昏和击倒、上勾拳和侧勾拳、互抱和推搡……谈话逐渐演变成了关于生活的讨论。

与此同时,瓦季克终于明白自己错在哪儿了。蹬地!自己当时完全忘记了要蹬地!现在他们马上就能见识到,瓦季克·斯维奇金是怎么飞行的了!他先往旁边走了几步,蜷起双腿,张开双臂,左腿用力蹬了一下地面,接着就飞起来了。

他在俱乐部上空绕着圈飞行,由于太过幸福而感到喘不上气。他想大喊,看啊,我在这儿呢!但只小声嘀咕了一句。萨什卡叔叔和加姆博耶夫就像故意的一样低着头讨论拳击问题,什么都没发现。瓦季克在空中翻着跟头,想直接在他们面前展示低空飞行技巧。但没有预料到的是,由于经验不足，他又一头栽进了一个巨大的水坑里，把爸爸和加姆博耶夫都溅湿了。

他们的样子看起来非常滑稽。如果加姆博耶夫就这样走上拳击台的话，那他就所向披靡了。很长一段时间两个人都不明白发生了什么事。而瓦季克就坐在水坑里傻乎乎地笑着，像一个捕猎到河马的霍屯督人。

"狗儿崽子！"萨什卡叔叔终于爆发了，他的发音处于"儿子"和"狗崽子"之间，但明显更接近后者。

"塞翁失马，焉知非福。"加姆博耶夫心平气和地说，"我明天正好要去澡堂好好洗个够！"

或许萨什卡叔叔的精神还没完全封闭起来，或许它在加姆博耶夫面前感到难为情。他不露痕迹地笑了下，朝我使了个眼色：

"从坑里爬出来吧，小祖宗，算我求你了！我们也好长时间没洗过澡了！大家都知道，上帝爱'三'这个数字。"

于是他们又沿着熟悉的道路朝澡堂走去，只不过这次是三个人一起，一路上两个大人互相打趣，变着法儿地开瓦季克的玩笑。

他们洗澡的时候没有蒸桑拿，因为蒸汽已经有些发酸，并且所剩无几。气温下降，天色也变得灰蒙蒙的，失去了白天的活力，仿佛一棵枯萎的植物。

瓦季克像被逮捕的犯人一样被抓住双臂押送着，尽管他没再想飞。萨什卡叔叔加大了步子，因为家长会马上就要开始了。瓦季克小腿紧捣着，这才勉强能跟上爸爸的步伐。在俱乐部旁边，准确地说应该是在之前的那个地方，瓦季克绊了一跤，好像使出吃奶的劲一样摆脱了钳制，重重地滑了下去，似乎一只飞出人类魔掌的小鸟，一屁股坐在了那个熟悉的水坑里。

"呵，你是成心的吧！"萨什卡叔叔恍然大悟，"你想让你爸爸家长会迟到是吗？"

他不顾旁人的目光，一把把瓦季克薅了起来，像一个百万富翁提着一个邋遢的酒鬼。

"怎么样，邋遢鬼！"他数落着瓦季克，"怎么样，你这个白痴笨蛋！"

"脏鬼！而且还是个傻子！"彼得·加姆博耶夫一边担着身上的脏水，一边添油加醋。

毫无疑问，萨什卡叔叔的精神已经严丝合缝地关上了。这种阴沉的天气，而且还被水溅了一身，他只好飞快地换了件衣服，急匆匆地赶往学校。而瓦季克被锁在了家里，还被父亲警告回来之后有他好看的。

学校里非常安静，简直和营房一模一样。一个愁眉苦脸的女清洁工在走廊里墩地。家长们不是已经各自离场，就是在某处小声地交谈着。

"里边没有别人！"清洁工阿姨挥舞着墩布，"只有一个教务主任！永远坚守岗位！"

萨什卡叔叔没来由地想起了自己在舰队服役时的生活，踢着响亮的正步走向教务办公室。他敲了几下门，没有听到回应，于是他直接把门推开了。

在一面有些浑浊的壁镜前坐着一个矮小、像雪鸡一样的女人。她头上戴着卷发器，嘴里叼着三明治，可以看出刚涂完指甲油，暂时没法把三明治从嘴里拿出来。看到有人来了，她像受到了惊吓般连连点头，口中发出含混不清的声音，一双手胡乱地比划着。萨什卡叔叔马上就明白过来了，面前的这位是个聋哑人。教务主任具有这样明显的缺点，真是太令人感到奇怪了，就姑且认为她在教学上有许多优点吧。

萨什卡叔叔重重地呼出了一口气，接着像在阅兵式上向首长问好的那样大张开嘴，逐字地大喊：

"我——迟——到——了——！"他扯着嗓子大喊，有点忘记了自己到底想要说什么，"我是瓦季克·斯维奇金的爸爸！他在学校怎么样？没有受处罚吧？"

女清洁工听到喊声也赶了过来，她堵在门口，斜端着墩布进入了临战状态。

教务主任绝望地，甚至带有一丝不甘意味地停止了咀嚼，脸上红一阵白一阵。

"瓦季克·斯维奇金？"教务主任睁大了眼睛，终于把那个三明治咽了下去，"没有这号人啊。"

这一次轮到萨什卡叔叔哑口无言了，他恨不得真的变成哑巴，用手比划出一些令人费解的词语。

"难道被开除了？"

"已经大约十年没开除过学生了，"清洁工阿姨懊恼地说，"难道你的儿子值得被开除吗？"

"先等等，这位爸爸！您知道您来的是哪所学校吗？"教务主任一针见血地指出了问题所在。

萨什卡叔叔完完全全地弄混了，搞错了。

"第一小学，"他不知为何开始扳着手指头数起来，"以第一批太空访客命名的。"

教务主任怒气冲冲地沉默了大约一分钟，接着她就像大街上的一台可怜的自动贩卖机一样，投入硬币，突然咕噜咕噜地响起来，喷出大量的泡沫，把杯子装满汽水。

"这里，亲爱的，是第二小学！咱们城里只有三所小学，而您呢，尊敬的先生，居然不知道自己的儿子在哪儿上学！"

"这就是家长！"清洁工随声附和着，"孩子们什么样就可想而知了！"

大概从埋下那本五年级写的可怕的日记时起，在萨什卡叔叔的记忆中从来没有过这么耻辱的一天。

女清洁工把他送到了门口，墩布差点没顶到萨什卡叔叔背上。她像宣读公文的官员一样大声喊了很长时间，仿佛想让整条街的人都听见，这样的父亲应当像流浪狗一样，在没生出更多的崽子之前扔到池塘里淹死。

一路上磕磕绊绊地，萨什卡叔叔终于勉强走回了家。他感到无比沮丧，因为在澡堂待了太长时间和短暂却惊心动魄的家长会感到劳累，甚至已经没有精力像说好的那样惩罚瓦季克了。

而另一方面，瓦季克在等待惩罚的过程中为了不浪费时间，早就从通风窗逃出了上锁的房间，来到后院挖蚯蚓。他

非常喜欢挖蚯蚓。有时候可以挖到滑溜溜的，有时候挖到的
虽然表面有些粗糙，但却是很结实，质量上乘，在手指间翩
翩起舞。有这样的蚯蚓鱼儿怎么可能不上钩呢？

他挖的蚯蚓装满了一个半升的罐子。就在这时，铲子突
然挖不动了，原来是一个用玻璃纸和破布包裹着的东西。

"是谁的某个小秘密？"瓦季克想，"或者是个小宝藏？
又或者是考古发现，古代的文字什么的！"

小心地扒开周围的土，瓦季克把袋子拍打干净并展开。
一个脏兮兮的厚本子上歪歪扭扭、潦草马虎地写着姓氏"斯
维奇金"。是一本日记！尽管很难相信，甚至是无法相信！
他清楚地记得自己早就把它掩埋起来了。他觉得自己就像一
条在某人的手指间跳舞的蚯蚓，双手颤抖着，仿佛要摘下鱼
钩上的鲇鱼。

经过一分钟的深思熟虑，瓦季克似乎突然成熟了好几岁，
把自己当成了一个真正奇迹的见证者。当这种东西出现在世
上的时候，哪里有什么蚯蚓和鲇鱼啊！

于是他打开了日记本，期待着能找到答案。字里行间仿
佛有生命的存在，瓦季克完全无法转移开视线。这的确是类
似原始人村落般的考古大发现。许许多多的事情都互相产生

了联系，变得明朗起来。瓦季克从来没有如此兴奋地读过什么东西，他如饥似渴地吸收着每一个词语，每一个数字。

正在瓦季克沉浸其中的时候，萨什卡叔叔回来了。他们直直地互相对视着，萨什卡叔叔先垂下了眼睛。

"看到了吧，儿子，"他被彻底击溃了，含混不清地嘟囔着，"就是那样的事情。儿子，要记住啊，纸包不住火。"

"是的，爸爸！"瓦季克回答，于是他怀着畅快的心情又唱起了关于阿纽塔的歌。

而我在那时非常想歌唱柳芭·切尔诺莫尔季科娃。

爱情如同新年枞树一般突然点亮。心脏停止了跳动，扑扇着小小的翅膀，在星期四的最后一堂体育课上，当柳芭从钢丝上掉下来的时候。

整个夏天太阳就像个熊熊燃烧的火球，挂在天上。篱笆上不知疲倦地开放着金色的绣球花。而柳芭却不在，她和父母一起度假去了。

我摧残完了所有的洋甘菊，已经开始用绣球花占卜了，一片一片地撕扯着无数的花瓣，从早到晚。而夜里则化身为火箭，飞到浩瀚的太空中，在星星和黑洞间穿梭，在星云和星座中徒劳地寻找柳芭·切尔诺莫尔季科娃。生活完全变了样，头脑里全都是星云和黑洞，而心中却点亮着火红的恒星。

那个夏天显得十分漫长，如宇宙般无边无际，但却在忽然之间就结束了、熄灭了，如同电器短路一般。我甚至觉得有点奇怪，一切消逝得如此迅速。

九月一日我见到了柳芭。唉，简直不是那个我夜晚在宇宙里、白天在花瓣里苦苦寻找的女孩。她长得又高又瘦，比我高出了一半，看上去好像一根钓竿。头上梳着老鼠尾巴一样的辫子，牙上还带着钢丝。春天的时候没有向她表白，真是太好了。

假如我们一起度过夏天，这一切大概就不会变得如此恐怖。然而我心中柳芭的形象把我提升到了地球以外的高度，以至于我无法经受飞速的降落。我没有习惯降落过程，忘记了循序渐进和那顶护耳帽。

另一边，萨什卡叔叔给瓦季克买了一辆自行车。于是瓦季克整夜直到天亮都骑着自行车在街上疾驰，张开双臂，闭着眼睛，仰望着广阔无边的天空。很难解释他是怎么做到的，也不知道他到底爱上了谁，这个长得像第一批太空访客其中之一的瓦季克·斯维奇金。

虽然学校里只有唯一的一个阿纽塔。她是我们的班主任，教我们唱歌的安娜·巴甫洛夫娜。

一个棚屋的故事

萨什卡叔叔家的家畜数量突然大爆发。鸡、鸭、鹅、牛、羊、马、猪，还不算那些属于瓦季克自己的兔子、豚鼠、松鼠、猫，还有几只走丢的狗。

"儿子，咱们家之前好像没养过鹅，"萨什卡叔叔非常惊讶，"也没养过羊和猪。我记得曾经有过鸡鸭，但是数量没这么多。小牛又该怎么样？如果只在院子里放牧的话，咱们的格鲁尼能长得好吗？"

瓦季克只是耸了耸肩。

"不知道该怎么说，爸爸。它们会不请自来的。咱们这块地方这么好，长着各种各样的草。动物来了，赶都赶不走！"

有一次，萨什卡叔叔回家时间稍微晚了一点，刚进家门就惊呆了。他可爱的小马涅莉，为了纪念自己的初恋，不知怎么回事头上长出了一对巨大的锹形角。"等着瞧，瓦季克，"他一边盘算着一边跑到了小马跟前，"自己为自己无聊的恶作剧买单吧！"他把一块糖伸到涅莉嘴边，这才意识到自己在傍晚昏暗的光线中看走眼了。沉重的、长着分叉犄角的脑袋贴到了他的手上，原来是鹿类反刍动物，简而言之，一头强壮的驼鹿。只要抬起前蹄一踢就可以踢断大树或者踢出人的脑浆。实际上，驼鹿只是用上嘴唇小心地叼起了糖块，低头示意了一下，走到一边的栅栏旁躺下，好像住客栈一样。

这样的事经常发生。驼鹿无意间来到我们的小城市，到处看看有没有什么好玩的东西，停留不久后就离开，回到自己的森林里。"就让它在那儿歇着吧，"萨什卡叔叔心软了，"明天早上就该'驶离'了。只是千万别把栅栏踢坏……"

但驼鹿根本没想过驶离的事，怎么说呢，它反而在一群鸡鸭鹅和其他生物之间抛了锚。和涅莉建立了友好的关系，对于格鲁尼亚表现出宽容忍让的态度，还允许瓦季克坐到自己的角上。尤其是当他做功课的时候，大大的鹿角仿佛变成了一张圈椅。

"是从马戏团来的？"萨什卡叔叔问动物学家沃尔格达夫。

"不一定，"沃尔格达夫大幅度地摇了摇头，露出十分绝望的表情，"我认为，您家的驼鹿是直接从森林里来的。现在，您明白吗，人类正面临着环境危机。臭氧层空洞、温室效应、磁暴。不时爆发一次太阳风，海上的洋流形成漩涡，到处都在地震。甚至连咱们的小城市月降水量都超过了之前的年降水量。大自然中正发生这种变化，因此什么样的事都不稀奇。"

萨什卡叔叔似乎理解了沃尔格达夫的一番话，而且并不感到特别惊奇，因为他之前看见过一对在门前台阶下挖临时洞穴的獾。尽管如此，当一只面带和蔼微笑的狐狸出现在院子里，朴实的浣熊一家在洗衣槽里清洗仓鼠，用两条后腿直立行走的狼穿过栅栏走进来的时候，他还是大吃了一惊。不知道从哪儿来了一个流浪的吉卜赛人和一头熊。吉卜赛人被他好说歹说地打发走了，熊却哪儿都不去，赖在这儿不动窝了！除此之外，邻居们、亲朋好友们、从别的城市来的人都来到这里参观，把萨什卡叔叔家当成动物园了。瓦季克也不去上学了，当起了他们的导游。

"不是你招来的吧？"萨什卡叔叔像西部牛仔那样把手支在腰间的宽皮带上，严厉地问道，"大概还收钱吧？"

"拜托，爸爸！您这是哪儿的话！我难道是收浣熊的钱？"瓦季克感叹，"我要惦记的事有一大堆，仓鼠总是絮叨，蟋蟀却完全相反，是个闷葫芦，从来不叫。嗯，实话实说吧，我一个人收一卢布，为了买饲料和药品。否则所有动物都会死！"

院子里变得无法忍受的脏乱、吵闹、拥挤，仿佛变为了东方集市或者棚户区。

"正是这样，"萨什卡叔叔想，"需要盖一个棚子，一个大棚子。该好好整顿一下了，把所有动物都放进兽栏兽窝里，或者摆在一层一层架子上，像玩具小象一样！鸡、狼、鹿、马各占其位。总而言之，应该建立一个类似杜罗夫角的动物园。"他想砍伐一段杨树的木材，因为他十分喜欢这种如喝醉一般颤抖着沙沙作响的树。众所周知，割下一块三角形的杨树皮可以驱除热病和牙痛。只要枕着杨树原木睡一觉，头疼脑热和小腿抽筋等毛病都可以不治自愈。此外，还应当马上在棚子周围种上一圈变形牛肝菌，秋天到来的时候会使人们感到心旷神怡。之前还空空如也，突然间凸起了一朵朵蘑菇，真像上天赐予的礼物。

萨什卡叔叔把涅莉套在大车上，他看上去十分欢快兴奋，仿佛一个提前知道猎物出现地点的猎人，带着一把新磨好的斧子出发了，前往不久前在距离城市不远处偶然发现的一片杨树林。在途中，他刚巧不巧地碰上了木霞姑姑，还和她聊了一会儿。

"您这是说什么呢！"木霞姑姑惊慌起来，"用痛苦的杨树搭棚子？您怎么想到这个馊主意的？杨树是一种被诅咒的树。犹大就是在杨树上吊死的，从那时开始杨树叶子就一直颤抖不停，树皮的下面藏着鲜血！"

萨什卡叔叔一生中都真挚地热爱着杨树，但从童年开始就下意识地痛恨着犹大，只听见这个名字就能气得哆嗦。突如其来的爱恨激烈碰撞，如同两道冷暖锋相遇，催生出情感的暴风雨。他陷入了慌乱中，大地不再是稳固的，而是变得松松垮垮、摇摇晃晃，使人无法再安心地相信什么。总之，他完全不知所措，像在荒野中迷路的男孩，这种情绪明显地从脸上流露出来。

木霞姑姑非常想抚摸一下他的脑袋，亲亲他的额头或脸颊。

"难道杨树就一无是处了吗？并不。它可以做成钉死吸血鬼的木桩。我现在直接带你去看一棵真正的树，简直是专门为了您的棚子准备的。"她松了口气，跳到了大车上，"在树林里有一个地方，除了我没有别人知道。赶路吧！"

萨什卡叔叔使劲抽打着涅莉，好像忘了它用的是自己初恋的名字。他们沿着树林里隐隐约约的大路走了很长时间，之后大路缩窄变成了小路，最后终于完全消失不见了。在树丛中可以看见一个不知名的，仿佛镀上一层黄金的湖泊。

"残湖，"木霞夫妇小声说，好像嘴里有一块石头在滚动，"远古海洋的残留。里面可能曾经有过鱼龙。科罗杰兹尼科夫或许就是从这个湖里打水的。"

萨什卡叔叔沉默不语。他心中的暴风雨还没有平息，于是只能努力控制自己不把木霞姑姑扔出去。涅莉就倒霉了，虽然它理智地在被暴风雨摧毁的废墟前停了下来，但是还是被缰绳勒得够呛，之前从未被这么粗鲁地对待过。他们绕过了一座类似火山的高高的丘陵，来到了一片细长的落叶松中间，成排的树木十分整齐，好像人工种植的一样。这里空气清新，万籁俱寂。正如人们所说的那样，田野听，森林看。的确，落叶松惊奇地、略带傲慢地看着他们。

"这是上帝的树林，"木霞姑姑郑重其事地说，"禁止砍伐的树林！它就像天上破了一个洞。这些不是落叶松，而是天使，经上帝召唤就会升上天堂。"

"太棒了，这片树林！"萨什卡叔叔重新提起精神了，"排成队列的、细长苗条的树林。我的斧子已经跃跃欲试了！"

木霞姑姑看着萨什卡叔叔，好像又一次想起了犹大。

"先收一收吧，您这股不砍个痛快不罢休的劲头。应该怀着遗憾和忏悔的心情，温柔地砍下每一棵树。不要那么野蛮，砍得木屑满天飞！"她强硬地说，神态很像萨什卡叔叔曾经在其手下服役过的白海舰队水手长，"到那时飞禽走兽就不再是之前的那样，而会满怀着爱生儿育女。再采摘一些落叶松的果实，没有比它更好的饲料了！即使明天开始也无妨，首先帮我修理一下门前的台阶吧。"

萨什卡叔叔眼前飘着破碎的雷雨云，脑袋被迷雾笼罩，变得阴沉起来，很明显，大气压也有所下降。他无法忍受别人触及到他的职业，对他指手画脚、颐指气使。找到这片森林当然应当感谢，台阶什么的他也会帮忙修理，但是让这个女的随心所欲地使唤自己，休想！

在回去的路上，走到离湖边不远的地方的时候起了雾，给覆盆子和悬钩子的灌木丛盖上了一层罩子。然而，小马涅莉即没有偏离路线，也没有停下如芭蕾舞般优美平稳的脚步。看着它圆润的臀部，萨什卡叔叔回想起了自己人生中的第一段恋情。那段恋情发生在他和瓦季克的母亲离婚之后。

当时他正在用泥治疗由于伐木造成的严重的神经根炎，

而涅莉负责陪同所有"树根"们做康复体操，"树根"是所有神经根炎患者的简称。也就是说，她向患者们展示体操动作和姿态，任何一个人看到这种情景都会僵直了脊柱，之后才慢慢反应过来，那怎么也不可能是一根柱子。涅莉是一个年轻的，已经退休的忧郁的芭蕾舞演员。似乎她是如此的敏感，不允许任何人触碰她。"树根，"她事先警告说，"在附近散散步，但不要牵手！"但有一天她突然绊了一下，差点飞到路边的水沟里。萨什卡叔叔抱住了她，他的手掌潮湿，紧贴着涅莉的身体。涅莉翻了下白眼，仿佛杨树叶子一样颤抖了起来，像跳芭蕾似的高高地抬起了左腿，然后就晕过去了，大声地、时断时续地喘着粗气。萨什卡叔叔觉得丈二和尚摸不着头脑，从小到大从来都没和芭蕾舞演员散过步。他是那么慌乱，甚至连神经根炎都当场治好了，取而代之的是第一次恋爱。"看吧，树根，"他们从水沟里爬上来，拍打干净身上的泥土，涅莉说道，"这就是为什么我只能跳独舞。"萨什卡叔叔重重地叹了口气，想着泥、神经根炎和芭蕾舞的事。

而木霞姑姑还在讲落叶松的事：

"独一无二的！只在这里生长！最稀有的品种！古代遗留下来的！"

"究竟是什么意思，古代遗留下来的！"萨什卡叔叔闷闷不乐地问。

"怎么说呢，就是从远古时期一直保留到现在的。远古遗迹。早在豌豆大帝时就已经出现了，还有可能更早，在亚当和夏娃的时代。"木霞姑姑解释，"用一句话概括来说就是太古时期。您听说过大洪水吗？"

萨什卡叔叔在脑海里翻着瓦季克上学用的历史教科书，但毫无收获。里面讲的都是各种革命、农民起义、改革、战争、五年计划，还有蒸汽机车、波尔祖诺夫、波波夫的无线电，从来没见过什么大洪水。

"那是古老的蒙昧时期的事！"木霞姑姑摆了摆手，"我说过，在豌豆大帝时发生的。"

但是，即使是有关豌豆大帝的东西，萨什卡叔叔怎么绞尽脑汁也想不起来。或许在伊凡雷帝之前，或许在彼得大帝之后？鬼知道他以什么著称。难道是被鞑靼人杀死了？

与此同时，雾气变得更加浓重，只能隐隐约约地看到前方的涅莉。甚至坐在大车上的木霞看起来也像是个幽灵，只不过是像冒着热气的牛奶一样温暖的幽灵。这片该死的林中雾气从湖里升起，仿佛一条双人毛毯，一步步逼近，将他们包裹在其中。萨什卡叔叔突然想到，他旁边很显然有一个女人，即使不是芭蕾舞演员，但在迷雾中也变漂亮了。他不由自主地想拉住她的手。她不会翻白眼吧？不会浑身哆嗦吧？但她可能直接戳瞎萨什卡叔叔的眼睛！

"那个，这个豌豆大帝什么的，他的统治是在历史上的哪段时期？"他的声音在浓雾中不由自主地颤抖了起来，而且时断时续的，仿佛突然被冻僵了。

久久没有回答。他甚至要觉得木霞姑姑睡着了，如果不是听到了从身后传来的一模一样破碎颤抖的声音的话，这对于姑姑来说十分不典型。

"大帝？豌豆？该怎么说呢？大概是在五十个世纪以前吧，就从，就从咱们今天见面开始往前算起。而且还是非常非常古老的豌豆。关于他的资料很少，我觉得或许是因为都淹没在那场大洪水中了，豌豆大帝本人也是一样。只知道他活了五百八十岁，假如没有大洪水，他还有可能活到六百岁！"木霞姑姑又打起了精神，"您想象一下吧，他得有多少子孙后代啊！"

萨什卡叔叔真的开始盘算起来，不由自主绘声绘色地想象着，自己这样一个看起来非常普通的伐木工人，很有可能是豌豆大帝的直系后裔。为什么不是呢?

"唉,"木霞姑姑叹了口气,用手指摸索着萨什卡叔叔的脸,"所有、所有、所有都沉没了。只有一个家庭幸免,您和我都和这个家庭有着某种联系。"

"木,木霞!"萨什卡叔叔想试着拥抱一下她,又觉得有些不好意思,伸出胳膊的时候失去了平衡,所以扑了个空。

"哞——"传来了格鲁尼熟悉的声音。

涅莉在家门口停下,瓦季克闻声走了过来。他头上顶着仓鼠,肩上趴着松鼠,周围被一群狗、羊、猪、狼还有其他很难说出名称的生物环绕着。

"真奇怪,"木霞姑姑一边从大车上下来,一边说道,"这是什么征兆!到处都是大雾、大雾、大雾。"接着她溶解在了雾中,像热牛奶中的一小块方糖,变得无影无踪。

"究竟有没有去过树林里啊?"萨什卡叔叔给马取下嚼子,突然冒出了一个念头,"镀金的湖,火山,远古时期的落叶松。豌豆大帝,木霞,还有不知从何而来突然泛滥的类似温柔的感情。上帝知道这都是什么稀里糊涂、乱七八糟的事。大概,出现这些妄想是神经根炎复发造成的。全都是海市蜃楼,我只知道涅莉现在很累,该吃燕麦了。"他抚摩着涅莉的头,喂它吃糖，就自己粗鲁地勒紧缰绳向它道歉。和与它同名的初恋不同，涅莉是一匹聪明的马，听懂了萨什卡叔叔的话并原谅了他。

萨什卡叔叔像往常一样骂了瓦季克一晚上，为了使他的良心不能入睡。而他自己却心平气和地躺下睡觉了，没有对于未来的明确想法。然而，在梦中雾气像一堵石头墙一样升起，陈旧的词语如看不见的冰雹般从雾中散落出来，很显然，那是豌豆大帝时期的词语。奇怪的是这个豌豆对于萨什卡叔叔全部的计划都了如指掌，即使是那些几乎没有成形的。"把棚子建成可以漂浮的，"那个声音用教诲的语气说道，"建成船的形状。木霞姑姑，如果你想要得到她的话，就什么都听她的，服从她的命令，像年轻水手屈服于水手长那样。记住下面的数字：5，8，0！它们是给你的，用于建造棚子，必要的时候还可以救命。这几个数字至关重要。赶快起床，缺心眼的小子，马上记下来，要不然就该忘了！"古老的豌豆大帝发出了如雷鸣般的声音，吓得萨什卡叔叔直接从床上跳了起来，就像以前服役时在水手舱里那样，用铅笔在床头的墙上写下了"580"这三个数字。然后又陷入了昏昏沉沉的睡梦中，好像刚值完一趟累人的夜班。

早上，雾还没有完全散去，但天气明显变得好多了。空气呈现出一种半透明的乳白色。光线透过空气，看起来仿佛淡灰色的水晶，其中闪烁着五彩斑斓、绚丽夺目的斑点和箭头。

醒来后，萨什卡叔叔一下子就发现了墙上那几个歪歪扭扭的数字，他盯着看了很长时间，怎么也不明白它们是从哪里冒出来的。他本想把瓦季克揪过来教训一顿，但他向窗外看了一眼，渐渐地想起来了。一开始是关于木霞的事，然后是其余的全部。他拿起自己最喜欢的变色铅笔，开始在纸上计算，做着加法和乘法。得出的答案不是很复杂，一共只有两个数字："40"和"30"。它们又意味着什么，萨什卡叔叔还是云里雾里。"四十个贫蛋和三十个话痨！"这句话一直顽固地停留在脑海里，把计算出的结果挤了出去。或许还应该做减法和除法，还有乘方，但手头的铅笔消失了，也就是说前一秒还在，嗖的一下就没了！他找遍了所有角落，把家里的东西翻了个底朝天，还是没有找到。为了放松一下，也顺便给家里通通风，他出发去了木霞家，帮她修台阶。但他仍然没有摆脱关于铅笔的思绪，没准是偶然间吞下去了？又或者捅到耳朵深处了？结果他偏离了正常路线，寻找木霞家的时候在一条条小巷里迷路了。"这块怎么黑咕隆咚的？简直像一个插着手的魔鬼！"萨什卡叔叔想道，走上了高高的台阶。突然，某块木板发出了砰的一声，好像马勃蘑菇一样破碎了。"已经完全腐烂了。"在一个灰尘弥漫、潮湿阴暗的黄昏，从台阶上掉下去之前，萨什卡叔叔脑海里只来得及产生这样一个想法。

木霞姑姑把门打开的时候，只看见一个头从台阶破掉的窟窿里伸出来，头发梳得整整齐齐，喷了许多花露水，刺鼻的味道被头上厚厚的一层蜘蛛网缓和了许多。

"从早上开始就在您的脚下。"那个头说道，意识到这是别人说过的话时，脸变红了。

"您赶快爬出来吧，"木霞姑姑微笑，"其实，修理台阶期间您在这里住下也无妨。没有人住在我的台阶下。"她说话的速度太快了，"台阶下"听起来有点像"羽翼下"。萨什卡叔叔觉得心脏和胸口都膨胀起来了，如果真的有这种现象的话。他是多么想拜倒在木霞的羽翼之下啊。他蹲下身，凭感觉摸索着工具，差点没顾上喘气。

当他修理台阶的时候，木霞在一旁讲各种故事，有关认识的和不认识的人，有关世界大事和城市里发生的事。

"顺便说一句,雨季已经不远了,咱们这儿持续一个月的瓢泼大雨!在四十天之内来得及建好棚子吗?"

木霞的话如同一道闪电穿透了迷雾闪烁着,萨什卡叔叔手里的锤子掉在了地上。

"四十?"萨什卡叔叔口齿不清地说,因为他嘴里叼着一打钉子,歪七扭八的,好像妖魔鬼怪的獠牙,"那三十又是什么?"

"魔鬼的一打!"木霞丢下一句话,踩着还没有钉好的、摇摇晃晃的台阶跑回屋里。

那一瞬间,木霞的话又深深地钉入了他的脑海,在疯狂的"四十个贫蛋和三十个话痨"之间,像捅进耳朵的铅笔。"难道发生了有害的化学反应?"萨什卡叔叔感到很伤心。

还好,木霞很快就回来了,她把一个不大的信封递给萨什卡叔叔,上面画着两个抱在一起的饱满的心形。看样子她想和这一切做个了结。

"里面有准确的尺寸,对于建造棚子最完美的比例!现在就走吧,去跟书记请个假,或者随便找谁,只要能请假就好,然后赶快开始干活!台阶我自己钉就行。"说着她十分粗鲁地把萨什卡叔叔推到了大街上。

实际上萨什卡叔叔没有感到恼火，也没想起水手长，而是抚摸着口袋里的信封，怀着轻松愉快的心情走上了回家的路，甚至忘掉了包括丢失铅笔在内的所有不愉快的事。

回到家里，迎接他的是一只新来的奇怪野兽，那只动物长得有点像松鼠，接近深紫色的紫罗兰色，是一种亚热带的颜色。

"对不起，爸爸，"瓦季克向萨什卡叔叔伸出手，手里拿着被啃得只剩四分之一的变色铅笔，"只来得及救下这么点！我觉得它发疯了！"

松鼠委屈地眨着眼睛，像缝纫机一样发出嗒嗒的声音，愤怒地竖起尾巴。

"把铅笔还给它吧，"萨什卡叔叔建议道，庆幸着不是自己把铅笔吞了下去，"大概那里有它身体器官必需的维生素吧。然后把它带到木霞姑姑那儿，让她从兽医的视角好好研究一下。"

他坐在桌子前，拿出口袋里的信封闻了闻，然后又贴近耳朵听了听，上面的两颗心脏似乎在剧烈地跳动着。终于，他拆开了信封，在方格纸上画着一个三层的木箱，尺寸以肘为单位。当然，萨什卡叔叔期待的不只是干巴巴的数字，还有木霞激情洋溢的话语和誓言。但他还是量了量自己从手指到手肘的长度，并且把单位换算成米，计算出结果后他简直不敢相信自己的眼睛，建成的棚子都快赶上核动力破冰船了。市参议会远远没有能力进行这么大的工程。于是他又算了一遍，长度加起来一共是580肘，一个特别熟悉的数字，和豌豆大帝有着极其密切的联系。假如换算成米，就是464米长，40米宽，24米高。简而言之，和一个大会堂一样大！"也许是我的小臂太长了，不是很典型，但无论如何都太令人难以想象了。把那些落叶松都砍了也不够用。对不起了，木霞！"他本打算扔掉那页纸，但忽然想起了旁人的至理名言，"本质是比例，不是让人适应尺寸，而是让尺寸适应人的需求！"萨什卡叔叔点头，想起了鞋店里卖的靴子，尤其是四十号半的那种，很少有人穿起来合适，或者用报纸垫一垫，或者用鞋楦撑一撑。想到这里，他立刻把箱体的尺寸缩小到了原来的十分之一。结果长度和宽度总的来说都比较合适，只是高度很明显达不到三层的要求。随意的增加无疑会破坏木霞定的比例。

"唉，儿子！"萨什卡叔叔大喊，"到这儿来，儿子！把手摇计算器和计算尺拿来。"

弄明白计算尺寸的任务后，瓦季克从后门跑过来，飞快地、自信地、轻而易举地解决了问题。

"看吧，爸爸，您写在床头的数字！这是解决问题的关键！五乘以八十等于四百，五乘以八等于四十。这就是咱们应该得出的数字！现在将它们分别除以八，我们就能得出所求的棚子长度和宽度，五十和五。高度暂时还不确定，哪个数字对于高度来说都太矮了。它比较特立独行。但我们可以将它除以五，也是那三个关键数字中的一个，得出四米零八十厘米，也就是棚子的高度，也就是说正好可以分为三层。第一层一米就够了，让那些爬着的动物住。第二层两米高，放置偶蹄目的动物。剩下都是第三层，给那些两条腿长翅膀的动物。多么完美的计算啊！"

"为什么他数学只得了三分？"萨什卡叔叔感到有些苦恼地想道，"到处都是不公平的现象！都说伐木工的儿子成不了什么优秀的人，你看看他，算得比计算器都利索！"

"太棒了，儿子！你知道什么有关豌豆大帝的事吗？"

"怎么会不知道！"瓦季克毫不犹豫地回答，"豌豆是阿比西尼亚豆子王朝的大帝。他的父亲黄豆王子征服了整个非洲和亚洲。咱们的市议长就是他的直系后裔……"

"他胡说八道！"萨什卡叔叔打断了瓦季克的话，"所有后代都淹死了！"

瓦季克眨了眨眼，好像真的觉得自己说错了，于是他改口说：

"全都淹死了？真的！只有咱们的祖先游上岸了，唯一的一个。"

说实话，这件事很容易相信，如果熟悉市议长拉吉舍夫的话。

当绵延整整三十天的雨季来临的时候，愤怒的，暴躁的，仿佛宇宙起源一般的瓢泼大雨仿佛从通古斯陨石留下的缝隙里倾泻而出。拉吉舍夫沿着克拉拉·蔡特金大街，游着自由泳上班，他游到中心广场，经过伸出手臂的纪念碑，直接到达市参议会门口。他从水里出来时已经到了被淹没一半的台阶上，直接通往二层。他在这里擦干身体，穿上衣服，和下属们开个简短的碰头会，然后上楼到自己的办公室。

早在他执政初期，他命令把所有排水口都用沥青堵上。这些带栏杆深入地底监狱的窗户总能使他不由自主地发愁，仿佛能感觉到叹息，透过铁条看到犯人们的手和脸。大概某种严重的遗传性令他感到惴惴不安。他患上了土地恐惧症，就是没来由地害怕裸露的、活生生的土地，在他眼中那是无比肮脏的令人懊恼的东西，于是他到处都铺上了沥青和水泥。林间的小路上也铺满了一层碎砖头。拉吉舍夫还在离城市不远的地方挑选了一块很宽很深的盆地，明显可以看出这是由于某种天体坠落留下的痕迹。他打算用水泥铺好地面，建立一个带有各种游乐设施的公园。当时已经开始砍伐树林，建起了一个巨大的摩天轮和长长的龙形过山车。游乐设施建成后，盆地却突然消失了，好像故意藏起来一样。树林中通往盆地的道路中断了，即使从直升机上也无法发现。迁徙的盆地，人们给它起了个名字。"轮子滚走了！"城市居民都拿这件事开玩笑，"没法观景，那么多的投资也泡汤了！"然而，我们的小城市处于市议长拉吉舍夫的全权控制下，简直变成了一个眼看着就要溢出水来的游泳池。找不到出口的雨水在大街小巷上奔涌着，形成了各种急流、漩涡和瀑布，只有在广场上和僻静的院子里才得以平息。一年中有一个月，城市每天都被瓢泼的大雨浇灌着，累积了那么多水，只有小船才能救命。"简直是第二个威尼斯，"造船工人拉辛挨家挨户送船的时候，市民们忧郁地打趣道，"你该开始造贡多拉和船杆了。"

实际上呢，在第三十一天的时候瓢泼大雨中断了，好像被收割了一般，用镰刀连根砍下。城市里的积水不是开始慢慢地退去，而是突然间消失，十分剧烈迅速，就像装有强力排水泵的洗衣机那样。人们第二天早上就忘了关于威尼斯和贡多拉的事，之后的整整一年，直到新的雨季来临之前都不会再提起。

在大雨到来之前一定会有一个星期的雾天。但现在似乎有些提前，而且大雾并不像通常说的那样站着，而是躺着、挂着、坐着，爬来爬去，甚至是徘徊不定。雾有多种多样的，可以通过颜色、浓度和举止进行分类。雾有粉色的，有碧绿色的，有脏脏的灰色的，有时一团团地升起、窃窃私语着，有时静止不动、似乎正在酝酿着阴谋诡计。不管哪一天，都能看见某种新型的雾，仿佛全世界的雾都聚集到一起开代表大会或者狂欢晚会。周围地区到处都是阳光明媚、风和日丽，只有在我们的小城市是奇怪的混沌模糊，好像儿童的咿呀学语。

木霞姑姑稍微看了一眼紫罗兰色的兽类，叹了口气：

"最近一段时间还不错！天空之窗一定会敞开！"

松树开始发出巨大的咯噔咯噔声，像一名来自东方的商贩。这使木霞姑姑更加肯定它最近一段时间都很好。"啊！真是太美妙了！在口中融化了，拿着这个吧，以后不会再有其他的了。"

"没什么可怕的，"瓦季克想安慰木霞姑姑，"大家都知道很快雨季就要到来了。"

"大家都知道，但不知道一切。"木霞姑姑摇头，"把我带到你父亲那儿，否则我会迷路，或者眼睛被雾蒙蔽，或者雾遮挡了眼睛。"

瓦季克和萨什卡叔叔的家在高高的河岸上，离基瓦伊小溪不远的地方，克拉拉·蔡特金大街的尽头，要找到他们的家并不是非常困难。从远处传来了动物们的歌剧，一会儿合唱，一会儿二重唱，一会儿独唱。去皮的原木堆在小溪边，散发出浓郁的清新的树木香味，像秋天的太阳般发出柔和的光。院子里被一层层最浓厚的雾气笼罩着，整个乱糟糟的一团，各种语言混杂在一起。各种动物的影子无序地跑来跑去，未必有人能数清数目，确定各个动物的种类。

"什么都搞不清楚！"瓦季克高兴地说，把手里的松鼠放下，让它自由地活动去了，"爸爸今天差点没把驼鹿套上！醒来的时候床上还有两只水獭。他太劳累了，砍树砍到很晚才回来。"

"可怜啊可怜，"木霞姑姑觉得有些沮丧，"和水獭一起睡觉！没有我们的帮助他是没法顺利完成任务了。"

与此同时，萨什卡叔叔亲切温柔地砍伐着落叶松，没有停下来感叹。强大、健壮、排列整齐的一棵棵树木由于斧头的撞击轰然倒地，在地上躺成一排，只要用钩子勾住就可以运走。涅莉轻巧地、毫不费力地拖动着木材，脚下优美的芭蕾舞步丝毫不乱，仿佛有树妖帮助一般。在这里，在一片残留下来的落叶松中间，雾气没有弥漫，萨什卡叔叔柔和了许多，变得善良起来了。他拥抱了每一棵树，一边向它们忏悔，一边砍伐着。突然涌现的想法以无法回答的问题的形式出现。"我为什么活着？活得正确吗？应该抽打瓦季克吗？这种世俗的愤怒是从哪儿来的？"他重重地呼出一口气，环视四周后微微闭上眼睛，离开了被砍伐过的树林。"只要稍微闻一闻周围的气味，听一听声音，就能明白该怎么做了。"亲爱的萨什卡叔叔想，"周围都是爱的气味！"前方被浓雾笼罩的阴沉的城市显露出来。雾气悬挂在枞树和花楸树上，在灌木丛中上下转动，在蕨类植物中微微颤抖，在苔藓上长出了雾气浆果和蘑菇。"看到雾，感觉到爱的气味。雾散去，爱的气味永远留在身边，"萨什卡叔叔说服自己，"一切都会穿透内心，只要试着深入思考一下，哪怕尝试一下也好，你这个榆木脑袋！"当然，涅莉拉着的七棵落叶松原木不足以维持萨什卡叔叔内心的温暖，他回到家时完全冻僵了。想起早上的水獭，他准备好好抽打瓦季克一顿，肯定不是它们自己躺到床上来的！

然而，他看到了站在门槛上的木霞，于是融化了。

"我等了您好长时间，"她的脸色粉红，仿佛一棵雾中的成熟的越橘，"等得好苦！我有好多话要和您说！"

"就是它了，爱的气味，"萨什卡叔叔上下打量着，"近在眼前！现在就会穿透内心！"木霞拉着他的手走向基瓦伊小溪，在原木上坐下，对着萨什卡叔叔左耳朵说着悄悄话，说话的声音是那么好听，气息呼在耳朵上，感到有些痒。所有常识迅速从右耳朵飞走了。萨什卡叔叔像拥抱被选定砍伐的落叶松那样拥抱了木霞，还没来得及把嘴唇凑上去，立刻结束了。准确地说，是稍微停顿了一下，因为他没有马上反应过来发生了什么。突然被打了一个重重的耳光，就落在那个刚刚听过温柔的轻声细语的左耳朵上。

"停下！"木霞严厉地呵斥，好像要再打萨什卡叔叔一个耳光，"我说的是关于人类命运的大事，您这是干什么？认真听我说！也就是请聆听！"她用拳头敲打着原木，原木发出了巨大的呜呜声，像管风琴优美的和声，"当然，这不是陆龟树。去哪儿找这种树呢，如果早在豌豆大帝时期就已经被砍伐光了。其实问题并不在这里！最主要的是，您造出的棚屋可以在大海大洋上航行。您明白吗？应当建造一个可以游水的棚屋！"

萨什卡叔叔露出了一个虚弱的微笑：

"某个人已经启发过我了。当然，是在梦里。"

木霞突然像惊奇盒子一样飞快地轻吻了他的脸颊、鼻子和耳朵，仿佛绽放的烟花，发出震耳欲聋的声音。

"我知道，知道您是被选中的。"她模糊不清地说道，"在梦里，对吧？"

"我，抱歉，已经搞不清了，哪里是梦，哪里是现实。"他稍微向旁边躲了躲，被各种各样的强烈情感冲击得头脑发昏，害怕遭受到出乎意料的新的物理攻击。

木霞又开始小声嘟囔，散发出珍珠光泽的雾气遮挡住了她的眼睛。

"我会解释并安排好一切的。您不用探寻老规矩。带着这个！把水獭从床上赶下去！"

被木霞的压力弄得完全不知所措，同时受到了院子里大批动物的强烈影响，萨什卡叔叔唱起了歌、咳嗽起来，发出各种动物咩咩、咕咕、呼哧呼哧、哼哼的声音，不知道该怎么回答。木霞沉默了，用疑惑的眼神打量着他，难道一块木头也能被选中吗？

这令萨什卡叔叔警觉起来，因为只要被选上就一定不会发生什么好事。在他的记忆中，已经有过三次被选中的经历。还是在上小学的时候，他当选了徒步旅行组织者。旅行的第一天所有人就都迷路了。准确地说是他自己一个人在森林里转悠了一个星期。第二次他被妻子选中，之后没过多久，他和还是婴儿的瓦季克就被抛弃了。在采伐区他被选为工长，一个月后因为越权被取消职务。总而言之就一句话，哪里有被选中的人所具有的卓越性，哪里就有被遗弃的孤独感！他们又在去皮的原木上坐了很长时间，无法起身离开。萨什卡叔叔刚想打断木霞，突然听她提到了水獭。"今天不得不好好教训一下瓦季克，让他知道舌头伸得太长的后果！"于是他坚定地站起来，脚底下传来树枝折断的噼啪声。

"别丢下我！木霞苦苦哀求。"

"没有您我该怎么办呢？"萨什卡叔叔把她扶起来，像撕下一块干树皮，"一院子的动物，怎么能没有兽医？"

第二天早上，正式开始建造棚子，萨什卡叔叔陷入了沉思："到底是什么意思？所有人都建议造一个可以游水的，类似三层甲板驳船的棚子。或许这会是人生中的一个转折点？我们会沿着大江大河航行，甚至是大海，从一个港口驶向另一个港口。开一个水上动物园！整个世界的人都来参观，还可以挣点外快，而且兽医就在身边。"

工作开展得如火如荼，声音巨大，仿佛木霞在雾中的悄悄话一般。那速度甚至不像走路，而是小跑着，因为棚屋迅速地拔地而起。萨什卡叔叔确实把它造成了船的形状，到处在需要的地方钉上了一些横梁、纵梁、肋材用于强化结构，这些是他在白海服役时学到的，至今没有忘记。他脑海中还盘旋着关于某个部件的想法，但它是什么样的，有什么作用，应该钉在什么地方，有人能回答这个问题吗？没有想出个所以然来，萨什卡叔叔把它放在了备用零件里。

与此同时，被痛打了一顿的瓦季克沉默地从树林里运来几大袋落叶松的圆锥花序，用来当食草动物的饲料。木霞姑姑也弄来了一些其他的食物。她不时推着小车出现在建造现场，车上满满地装着各种吃的。主要是一些板状的干果，可以看出不止一次被碾压机压过，还有被敲碎得仿佛岸边的砾石一样的鸢尾花和好几袋碎豌豆。

"相信我吧，这是明智的选择！"她说，"可以充当压舱物，也可以作为食物。豌豆可以治疗任何疾病，最主要的是可以驱除生物体内的恶灵。如果往死蛇的肚子里塞三粒豌豆，之后把它埋到土里，在那个地方就会长出一种非常罕见的花。只要闻一闻花就能知道某个人的脑子里在想什么。"木霞神色严肃地看着萨什卡叔叔："意思就是，我会时不时闻一下。虽然只是干花，但头脑中的画面在眼前逐渐清晰起来。"

除了地窖里，或者说是底舱里堆得满满的食物以外，木霞还把尚未建好的上甲板塞满了各种杂七杂八的东西，小地毯、小餐巾、小花瓶、小格架，还有一面穿衣镜，乱七八糟的东西使棚屋看起来完全不像船舱。当她又运来一桶海枣和一盆凤仙花的时候，萨什卡叔叔十分慌乱：

"等等，这究竟是想干什么？不是棚，不是船，也不是房子！简直就是一个装破烂的箱子。"

"您曾经坐船旅行过吗？我真的很怀疑。"木霞姑姑突然发火了，"没有的话就闭嘴！咱们得在这里生活！尽管是在船舱里，也应该创造舒适的环境。如果您不喜欢的话，就下去找偶蹄目动物，亲爱的涅莉吧！"

萨什卡叔叔沉默了，他想起了水手长和见习水手夜间航行的事。然而，从这时开始木霞突然变得毫不退让起来，做出各种各样的指示。例如，他们两个人长时间地争论应当用什么样的屋顶，平的还是向两侧倾斜的。应当用什么样的炉子，荷兰的还是俄罗斯的。

他们又说到了需不需要发动机，或者至少是轮子和舵的问题。每次木霞都能说服萨什卡叔叔。

"舵？"木霞感叹道，"听上去就讨厌！既然您是被选中的，哪儿还用什么舵？难道被选中的人需要舵吗？他应该被天意指引，早就被记录在天上的命运。无论朝哪里转向，一切都在万能的造物者的手中！他会指明道路，引导前进，而我们只需要静静地坐着，像书架里的书本那样。"

"书好像是站着的，"作为被选中的人，萨什卡叔叔表示反对，"或者躺着。"

"只不过是您的个人看法，"木霞还固执地捍卫着自己的意见，"实际上我是通过它们的外部状态来判断的！安静地坐着，上帝希望我们做同样的事。意见一致了！您和周围环境和谐吗？"

萨什卡叔叔摊开双手，不自信地向四周张望着。

"大概是和谐的吧。我一切都不错，有工作，有儿子。怎么说呢，当然，在妻子方面有几个键漏掉了，因为我们早就离婚了。只有这里的和弦受到了干扰！但整体上我还是可以演奏出自己的旋律的。"

"和我在一起，"木霞向萨什卡叔叔承诺，"不会有任何的干扰，不会漏掉任何一个键！一切都会井井有条！"

她逐渐把家务大权揽到自己手里，每天给萨什卡叔叔五根香烟和四根火柴，除此之外就只给他一些冰糖。白海舰队的水手长和她比起来就像一头喝奶的小猪。

她连动物们都要严格地培养，教给它们在一天中的什么时间吃饭，什么时候睡觉，什么时候醒来。只有那只吉卜赛人带来的狡猾的熊知道该怎么讨好她，用两条后腿站起来跳舞。其他动物只能暗中活动，在规定终点装睡，或者装得规矩一点，避免发出吼声和嚼碎骨头的吧唧声。萨什卡叔叔也位列其中，他弄来了两个锚，主锚和辅助锚，木霞对此根本连听都不想听到。因此他为了以防万一把它们藏在了床垫底下。"这一切是为了什么？一个没有舵没有桨的棚屋？和一群动物一块游到哪儿去？"睡前，他躺在两个锚上辗转反侧，自己问自己，"我做的到底是什么？"但当他看到木霞时立刻就睡着了，第二天早上起来接着建造。

在雨季到来前的一个星期建造工作基本完成了，只剩下细节部分。萨什卡叔叔自己都不敢相信这么快就完成了任务，仿佛在梦中一样，可以任意地支配时间，想怎样就怎样。巨大的棚屋有着不大的鸡形龙骨，几乎完全平坦的屋顶，一扇门，三扇被护窗板遮盖住的窗户，坐落在专门用来支撑的龙骨墩上。但他并不感到平静。落叶松的香味使雾气分散到了两旁，棚屋看上去似乎在像纸风筝一样颤动着，随时要飞到天上去。可以听到巨大的轰隆声，仿佛是在鼓的内部。如同在水上轻盈地漂浮着，基瓦伊小溪倒映着棚屋陡峭的侧面。很显然，它就像一个小学毕业生一样，渴望陷入一场前所未有的大灾难中。

萨什卡叔叔组装的棚屋实在是太棒了，准确地说它其实是一条船，只需少量的水就可以使它开动起来。就在第二天早上，也不知道是不是太巧了，下起了大雨。最初的几股水流抬起了棚屋，惊动了里面的萨什卡叔叔和瓦季克。摆脱了周围的支撑物，从院子栏杆上碾压过去，棚屋沿着克拉拉·蔡特金大街一路顺流直下，和市议长争先恐后地冲向前方。

萨什卡叔叔感到不知所措，到处找锚，在到达中心广场的时候把它们抛了下去。棚屋卡在了伸出一只胳膊的纪念碑底座上，而且辅助锚正好缠到了伸出的胳膊上。就在这时落后的市议长游了过来。

于是萨什卡叔叔以一种奇迹的方式避免了苦役。

"爸爸，你快溜走吧！"瓦季克建议道，"你不知道等着你的会是什么，可能去不好的地方砍伐不好的树林！而我还是一个小孩，可能会幸免于难。"

萨什卡叔叔一咬牙，悄悄地从棚屋里爬了出来，嘴里叼着根麦秆潜到了水底，连爬带游地到达了木霞家，好像在她那里过夜一样。

"从这种愚蠢的造船直接通向官司！"看到第一艘落叶松流动班车，市议长拉吉舍夫脑子里莫名其妙地浮现出了这样的字眼。

值得庆幸的是，棚屋没有被没收。也不是不想，而是实在办不到。然而，他们开始针对瓦季克，他被开除，到处都不录取他。我至今还记得他被从学校开除，被其他学校拒绝录取，而他本人既不愤怒也不悲痛。众所周知，这对瓦季克来说倒是一件好事，因为他喜欢被开除并且对录取资格不屑一顾。只有音乐课老师安娜·巴夫洛夫娜声嘶力竭地捍卫瓦季克，然后她就不得不长期休假了，一直到恢复正常的声音为止。

"塞翁失马，焉知非福。"木霞安慰萨什卡叔叔，"这只是试航！本可以以更秘密的方式结束。"

而萨什卡叔叔垂头丧气的，像一个潮湿的信封。

"唉，真不走运！不久之前收到了一封幸福之信，但我懒得回复，懒得寄出。直接扔掉了！"他向木霞坦白，"这不开始了！"

"您去一趟教堂，"木霞小声说，"在增长智慧的圣像前摆放一根蜡烛。非常有帮助，我是通过自身经验得知的。"

萨什卡叔叔似乎已经照做了，因为他逐渐给棚屋悄悄地装上了舵和舵轮，还把两根缆绳拴在房子上，防止它再一次遵从某个克拉拉·蔡特金的意志。他时不时地看看建好的棚屋，一边思索一边怀疑，这难道真的是自己的作品吗？虽然棚屋圆鼓鼓的尾部和陡峭的两侧像极了小马涅莉，假如它站在基瓦伊小溪里，把肚子以下的部分和头都埋到水里的话。

在一年一度的洒水车游行前夕，木霞把一个和她差不多大的巨型灭火器抬到了板车上，那个灭火器是白蓝红三色的，似乎是拿破仑侵略时期用来在首都灭火的物件。

"万一被闪电击中了呢？"她解释道。

"难道会击中被选中的人们吗？"萨什卡叔叔半开玩笑地问。

然而木霞没有开玩笑。

"会被重重地打中的，您好自为之吧！被选中的人就像避雷针，会吸引雷电！哪里有被选中的人所具有的卓越性，哪里就有牺牲！您可能被一道晴天霹雳击中，在任何时候，总的来说是你完成了自己的使命的时候。"她出乎意料地改称萨什卡叔叔为"你"，还亲吻了他的额头。

这一切当然十分令人触动，但同时也使他产生了不安。

"那我不完成使命也行！"萨什卡叔叔满怀希望地说道，"到底是什么见鬼的使命，还有为什么一定要完成？"

木霞摸了摸他的头，短暂地拥抱了他。她是如此温驯，好像在拥抱一个即将前往敌人后方的战士。

"怎么可以不完成呢，如果这是来自上天的任务，是上帝的旨意。无论你想不想都必须完成！而这一使命究竟是什么，之后会昭然若揭的。"

临近早晨木霞宣布进入高度准备状态，也就是全体各就各位！瓦季克立刻没影了，他从来不错过任何一次游行。准确地按照时间表，在一个月的雨季开始前几个小时的时间内，洒水车组成的纵队行驶到大街上。天蓝色和橘黄色的洒水车上装饰着枞树枝编成的花环。这番景象看起来就像一个著名洒水工人的葬礼，如果忽略欢快的节日进行曲和从车上喷出的芬芳的水流的话。喷溅出的水流好像是某种在刺柏上浸泡过的液体，许多市民用水壶、水瓶、罐子甚至是帽子在一旁接水。把能淋湿的地方都认认真真地洒过一遍水以后，洒水车还没来得及进入车库稍事休息，就已经开始游行了。喷出的水是那么的多，仿佛把全宇宙的水都收集到水罐里，一股脑地倾泻在我们可怜的小城市。水蒸腾起雾，雾又转化成了水，它们合在一起飞快地壮大起来，使得周围得一切都连成了模糊混沌的一片，只能通过流水的潺潺声和踩上去的拍溅声分辨上下，即便这样也不能完全肯定。

萨什卡叔叔想钻到洞里睡觉，就像大多数动物所做的那样。在落叶松的围墙中有一种安全感，即使不能好好睡一觉，也能打个盹。紫罗兰色的松树在圆形的笼子里烦躁地转着圈，似乎在等待瓦季克回来。当他悄无声息地从某个地方冒出来时，立刻吃了萨什卡叔叔一个大耳光。棚屋里一片死寂，连松鼠都停下来了。只有木霞在甲板上来回紧张地穿梭着，像一条被关在笼子里的狐狸，从一侧船舷走向另一侧船舷。她抱着凤仙花，好像念咒语一般叨唠着：

"开始了，开始了！"

睡意蒙眬的驼鹿嘶叫着回应道："让开！"

实际上，棚屋早已挣脱了缆绳，好像一条看到了流浪汉的看家狗。基瓦伊小溪涨满了水，似乎马上就要溢出来，荡漾的溪水拍打着岸边的卵石，发出类似磨牙般的咯吱咯吱声。湍急的溪流如沸腾般翻滚着，使人想起蓬松的狗皮。

"砍断缆绳！"木霞突然大喊。

于是，获得自由的棚屋四周的舱壁发出既像马嘶又像狮吼的声音，沿着小溪一路猛冲，绕开了克拉拉·蔡特金，直接冲到了河里。目之所及，到处都是溅起的水花，突然之间，雾气蒙蒙的暗灰色的水陷入了静止中。它似乎是从天上降下来，从地底的永冻土升起来的，还带着寒气，和雾混合在了一起。一切都在这水和雾的混合体中消失无踪。树木顶端摇摆的树枝被掩盖。房屋也消失了。在一段时间内可以看见纪念碑的手臂，一些细小的物质朝那个方向聚拢过去。但它最终还是消失不见了，仿佛被不情愿地放下了。

"希望我们落到水面上，"木霞祈祷着，"直接交到上帝手中！"

落叶松制成的棚屋紧闭着门窗，仿佛凭借着天意飘向了未知的远方。它承载着神秘的使命，因此，当然舵和舵轮就变得没有意义了。船舷外只有水流的拍溅声和轰鸣声，看不见两岸，掌舵难道还有什么用吗？无线电接收机中也只有一片喧嚣的水声，似乎全世界都被一场大洪水淹没了。它好像有点紧张过度，想努力搜寻人类的声音，结果电池马上就耗尽了。看着大自然反常的现象，萨什卡叔叔发现了可靠的物理规律，也就是说，什么都不知道，甚至什么都不能想，只能等待将来某个时刻一切真相大白，世界重建。在静止不动的石头下，水还是可以流动的，需要多少就正好有多少。过去在家里的储藏室里有一盏灯，亮了差不多五年，一直都没在意过。刚一注意到它，用手轻轻一碰，瞬间就熄灭了！周围的环境也是一样。只要一想到那盏灯，就会紧张起来。随它去吧，搬到一个新的地方居住也好。只有安安静静地坐着，像书架上的书本一样，翻看着自己的内页。难道可以自己阅读自己吗？难道这种没有开始没有结束的状态很有趣吗？"在我们周围到处都是暗能量和暗物质，"木霞曾经说过，"而我们是难以察觉的微弱光线。我们没有答案！"

"你相信命运吗？"她问。

"要不还能信什么呢？"萨什卡叔叔很吃惊。

棚屋里十分舒适。在里面呼吸多么的轻松啊！即便是下边的两层甲板也是同样的景象，动物们都像人一样，确切地说是有教养的人。木霞的努力奏效了吗？还是落叶松树精显灵了呢？即便是最臭名昭著的动物，例如猞猁、鼬、貂之类的，现在也像反刍动物一样以落叶松的圆锥花序为食。在它们的眼中如果有某种东西正在燃烧的话，那一定就是爱了。

当然，棚屋里没有电，蜡烛和煤油灯也显得多余。墙壁自身散发出柔和的，仿佛来自天空深处的阳光，似乎是将在林中度过的漫长岁月中积累在内部的光都贡献了出来。

是啊，在这间落叶松棚屋中会不由自主地想活下去！他们好像乘坐旅行观光客船的游客，不关心行程，不关心天气，什么都不用考虑！完全信任着某个船长，对他一定能将自己带到目的地这件事深信不疑。假如没有也不要紧，于是一切都会顺利完美地解决。萨什卡叔叔怀着快乐的心情醒了过来，已经很久没有过这样的经历了。在过去几天内，豌豆把身体器官内的恶灵驱除出去了，或许木霞说的是对的吧？在船舷外一派昏天黑地的景象，鬼知道还能不能好起来，而心中却非常惬意。他没有抽早上的第一根烟，取而代之的是嚼了嚼干果。之后，萨什卡叔叔去了餐厅，换句话说就是一个普通的舱室，木霞在气炉上煮着豌豆粥和咖啡，咖啡似乎也是豌豆做的。她一天比一天漂亮了，行为举止甚至比动物们还要得体。水手长一般的脾气一丁点都没剩下。萨什卡叔叔不能想象她的脸有什么特别之处。五官单独看来并不能给人留下什么印象，然而组合在一起却显得十分和谐好看。怎么说呢，就像一截老玉米！不自觉地想要取悦她，向她献殷勤，比如扮演一个傻瓜或者酒鬼，温柔地对待那盆凤仙花，讲关于青蛙公主的童话故事，或者出一个不难猜但却能给人带来欢乐的谜语。

　　落叶松原木在一片未知的纬度地带，在凄风苦雨、惊涛迷雾中分泌出如蜂蜜般的阳光。萨什卡叔叔和木霞的蜜月也在两个人中间流动、滴落，变得浓稠，像熟奶糖一样被拉得很长。他们没有向窗外看。难道还有向外看的必要吗？如果外边只有一片无边无际的汪洋大海和哗啦哗啦的水声的话。

每一个新的一天都比前一天更加潮湿，而在棚屋里却相反，一天比一天快乐。吉卜赛人的熊会时不时地跳个舞，有时木霞会用荞麦代替豌豆作为晚餐，海枣的果实也成熟了。

瓦季克在他们蜜月期间被晾到了一边，他被轰到下面的两层甲板上，似乎在照看动物们。

"他一定能成为一名兽医！"萨什卡叔叔高兴地说，"他脑子好使，和你一样！来听一个谜语。长在林中，出自林中，在手上哭，在地上跳。这是什么东西？"

"狼孩！"木霞确定地回答道，她的答案使萨什卡叔叔感到有些难堪。

他把手伸进箱子里，掏出了某样用两片包脚布精心包裹着的东西。

"是一种乐器，上面有三根弦。抖动手腕，运用手指灵活地弹奏。"萨什卡叔叔一边展开包脚布，一边解释道，"是巴拉莱卡琴！"他用手温柔地抚摩着琴身："它会吐露出一切真相，那是我们无论如何都猜不到的。"说着还用手掌使劲拍了一下。

棚屋的每一根落叶松原木都回荡着乐声，从下面的甲板上也传来了对于歌唱的微小喜好。在一片狼嚎、狗叫、牛哞哞、母鸡咯咯哒的声音中，一种和野兽们的叫声完全不一样的嘹亮清晰的声音像铃兰一样发芽了。

"天啊，木霞！"萨什卡叔叔突然大喊，"咱们的动物可以直接去唱歌剧了！"显然，他懒得去弄清楚，究竟是谁能去唱歌剧。

然而，他经过锯子和锤子噪音摧残的听力无论如何都无法判断，那株铃兰是从哪里萌发的。他在公鸡和珠鸡群里寻找了一番，认真地观察了小野猪，匆忙地巡视了狼和浣熊，和熊来回使了半天眼色。最后终于来到了最爱的涅莉跟前。唉，这些天一直没有来探望它，有点过意不去。它端正地站着，微微低下了头，像一个初次登台的演员在已经降下的大幕前向观众们行礼。没错，声音就是从这里传来的！萨什卡叔叔觉得有点不好意思，不知道今后该怎么和这匹才华横溢的马相处。给它带一些海枣？或者喂它凤仙花？萨什卡叔叔摸了摸它的肩隆，走进了马栏，眼前出现的景象使他惊呆了。他看到瓦季克坐在一抱干草上，怀里搂着个什么，从哪个方面来看都是一个姑娘。他们之间离得很近，甚至令人不由自主地想到了一句话："茎和茎。"

"来得正好，爸爸，"瓦季克站起身来说道，"来认识一下吧。这是安娜·巴甫洛夫娜，教唱歌的老师！早就该给您介绍了！"

萨什卡叔叔不知为何握了瓦季克的手，小心翼翼地朝安娜·巴甫洛夫娜伸出了手，他还在怀疑这是不是妖怪，在长时间的环球航行中出现在船里的那种。

"当然，当然，有歌声伴随会更快乐，"他喃喃地说，"会快乐得多，心中也是一样，不平静。"

"轻松畅快！"瓦季克更正道，"心中会很轻松畅快。"在把安娜·巴甫洛夫娜带回自己屋之前，他又补充了一句："如果你，爸爸，敢当着她的面打我或者骂我，我就杀死你，像该隐对亚伯做的那样。其实这只是开玩笑！在咱们的棚屋里连吵架都难以想象。"

"儿子长大了，能够做出正确的判断，"萨什卡叔叔一边给涅莉梳理毛发一边想，"或许是儿子，或许是兄弟。或许是哥哥，一个笨蛋，或许是弟弟，一个聪明的家伙。现在开始搞什么风流韵事，眼睛都长到下巴颏上了。尽管这个阿纽塔早就在他心里扎了根，大概是从低年级时开始。可以看出她也是被选中的人！"

木霞姑姑对各种被选中的人都保持着一视同仁的积极态

度。她把阿纽塔当作迷失的女儿一样接纳了她，并且给她提供了庇佑。她们学习了一些不常见的歌曲，国歌，浪漫曲，歌剧中的咏叹调，在巴拉莱卡琴的伴奏下唱了二重唱。阿纽塔晕船，木霞一直在旁边特别照顾她，给她开了落叶松的圆锥花序，每天服用三次，每次三个。

"嚼一嚼，然后咽下去，多简单啊！而且里面含有丰富的维生素 C。"

圆锥花序有一定帮助，但是不明显。阿纽塔变得浑身苍白浮肿。她的脸色阴沉，眼神游离不定。除此之外，她的声音也改变了，变得十分尖细。像是穿过一根细细的茎管，发出一种类似婴幼儿的声音。

"似（是）不似（是）该早（找）地方靠岸了，"她满怀希望看向木霞的双眼，"河流里行当然不错，但是胆（短）一点更好。"

"这真的是晕船吗？"木霞紧张了起来，"这是一个征兆，是第二次大洪水后出生的第一个孩子。重要的是知道孩子现在几个月了。如果是在牲口槽里的一群动物中间怀孕的话，那么孩子会降生在陆地上。如果是在城市里，在洪水来临前怀孕的话，那么孩子会降生在牲口槽里，在一群动物中间。

无论怎么看都是一种征兆！"

阿纽塔感到又害怕又难为情，尤其是听到了大洪水和牲口槽的时候，一句话都说不出来。她转向原木墙壁，伸出摊开的手掌，然后耸了耸肩，用两根手指比划了犄角的形状，也就是做了山羊的手势，但不知为什么伸出了大拇指和小拇指。结果弄成了一个不伦不类的样子。

木霞在纸上计算了一下，叹了口气：

"在大洪水之前的豌豆大帝统治时期，小孩子在母亲肚子里几天就发育成熟了。出生后立刻就会跑跳说话，而且什么都不害怕。在我们的棚屋里，姑娘，一切都好极了，没什么可怕的！"

另一边，瓦季克听说了征兆后脸色变得一片惨白，甚至比阿纽塔还严重。他也开始用假声说话。

"爸爸，你可以惩罚我，如果你想的话。"他的声音听起来像公鸡打鸣，"我不知道，一切发生得这么容易这么快。"

"你到底是怎么想的？和女老师在棚屋里平淡地生活下去？"萨什卡叔叔严厉地责问，"事到如今，只能自豪地接受这个征兆了，儿子，把它当成一面旗帜！"

"我永远不会抛弃她！我会像照顾残疾人一样照顾她。"

瓦季克觉得自己是一个欺负了姑娘的混蛋，或许打折了姑娘的腿，或许弄断了肋骨。安娜·巴甫洛夫娜病恹恹的样子使他感到非常难过。瓦季克担心他由于考虑不周犯下的错误会给她带来严重的危害。实际上也八九不离十，阿纽塔产生了各种变化，从声音和外貌开始，以性格结束。她的性格变得十分尖刻任性，这个不对，那个不行。她支使着瓦季克到处乱转，让他拿来她自己不知道的东西，比如说西瓜。或者哭哭啼啼地求着要鸡汤，"我想吃鸡！见鬼的豌豆和该死的干果已经快吃吐了！"

"在这个棚屋里的全体动物都是不可接触的，"木霞姑姑像天使般解释道，"它们是神圣的，像印度神牛一样！对了，你知道那些伟大的勇士中的某一位是怎么诞生在地球上的吗？他的妈妈吞下了一颗豌豆，然后豌豆就在肚子里膨胀起来，只过了一个星期波卡提戈罗舍克就诞生了！"

阿纽塔勉强走到窗户跟前，想象到肚子里有一颗膨胀的豌豆的画面，她觉得十分恶心："上帝啊，请千万不要让我生下勇士！"

"高兴点吧，姑娘，因为豌豆和干果马上就消耗完了。"木霞安慰她，"你吃四个人的分量，这很好理解，瓦季克也吃三个人的分量，因为他最近神经比较脆弱。"

然而，阿纽塔彻底忧郁起来了，一直待在吊床上不下地，整天都用尖细的、甚至是蚊子一样有害的嗡嗡声哼唱着凄凉的民间歌曲，和往常一样，每天两首。从早上开始就没完没了地唱着："外面下着雨，雨淋湿土地。"然后是关于陌生的家庭，凶恶的男人们用斧头互相砍，打架打到出血。吃完午饭后，她又唱起了绝望的歌："我马上就死了，死了，人们将我埋葬。"接下来是关于坟墓的部分，当然，没有人能够找到。最主要的是在这些词语中有很多可能成真的事，这撕裂了瓦季克的灵魂，使它痛苦地哀嚎起来。他不再照看动物们，抛弃了热爱的钓鱼活动，这样一来，蚊子幼虫就处于无人看管的状态。看起来很温和无害的幼虫迅速变成了一群大红蚊子，它们尤其喜爱上层甲板。神奇的落叶松似乎对蚊子们不起作用，爱的气味对它们来说是陌生的。虽然它们嗡嗡叫着，叮咬吸血的对象正是被爱冲昏头脑的人们。要不要打蚊子？无法轻易地拿定主意。

"这是一个巨大的考验，真想一巴掌把它拍死！"木霞判断道，"但它们也是和声的一部分啊！打死的话和声不就破坏了吗？"于是她把大家都集合在餐厅里开了一个会。

确实，蜜月不知不觉地结束了，问题也积累了一大堆。带来征兆的阿纽塔和她唱的歌，眼看就要杀鸡熬汤的忧郁的瓦季克，快要见底的食物，没完没了的大红蚊子。这一切都需要平衡、比较、取舍，换句话说就是制造和声。棚屋由观光游览船逐渐变为了科考船，一艘微微侧倾的愚人船。大家都聚集到餐厅后，安娜·巴甫洛夫娜直截了当地问：

"请回答我，我已经忍受不了了。咱们这是要漂到哪儿？为了什么？还要持续多长时间？咱们迷路了吗？"她的头脑里已经歇斯底里发作了，眼看就要飞溅出碎玻璃碴，"可能有人正在找咱们！得赶快发射信号灯，信号弹！"

"孩子，"木霞摇头，"在这片蛮荒的雾气笼罩的偏远地区，在一群大红蚊子中，在永冻土之上，谁会突发奇想寻找一个漂走的棚屋？即使它看起来很像方舟。要是有人就好了呢！记得魔鬼的一打吗？"她看了一眼萨什卡叔叔，"十三！新世界性大洪水正好要持续十三周！差一天三个月。而我们是被选中的，为了在洪水中存活下来并且延续人类！"

是啊，被选中的人具有卓越性，这是萨什卡叔叔从未意料到的。这可要比选为采伐区工长厉害多了。如果现在被驱逐的话，一定会被驱逐到很远的地方，连想象都很困难，似乎是从地球上被永久开除了吧！实际上，连瓦季克和阿纽塔都安静地听着，主要是因为木霞的话具有很强的说服力，相比之下洪水就不算什么了！

"整整五十天以后洪水一定会退去，"木霞接着说，"我们将在地球上开始新生活。"

阿纽塔皱眉，好像在脑子里盘算着什么。

"对于我来说，还有四十一天。"她羞涩地笑了，"将近六周。洒水车游行的时候怀上的。没错吧，瓦季克！"

"在第二层甲板上，"瓦季克点头，"养着反刍动物的牲口槽里。"

瓦季克坦白后，会议戛然而止，因为蚊子实在是太招人烦了。他们决定不管怎样先把蚊子打死再说，于是立刻开始行动。阿纽塔仿佛突然醒了过来，轻快地抓住了一只飞着的蚊子，甚至连看都没看，只听声音就做到了。瓦季克也高兴起来了，盼望最糟糕的日子已经过去。傍晚的时候，他们几乎打死了所有的蚊子，侥幸活下来的那些只能闷闷不乐地躲在缝隙里。

"一共只剩五十天？"萨什卡叔叔忧伤地问，"木霞，我愿意一辈子都和你在这个棚屋里漂流下去！"他话音刚落，突然想到，早晚都会觉得无聊的。毫无疑问，他们总有一天会互相腻烦。

"和亲爱的在一起一年就像一个小时，"木霞点头，但她自己也已经猜到，在天堂的一个世纪其实是实实在在的地狱。亚当和夏娃吃了智慧之树的果实就离开了那里。因为他们明白了在那里没有什么可以做的事情。和创造出他们的父亲生活在一个园子里难道很轻松吗？当然，在年老回忆往事的时候，通常会对年轻时发生过的事进行美化。但没有苦痛的遗憾。造物者大概也更加快乐，因为产生了简单的含义，例如爱和阴谋，诡计和陷阱，信念与激情，这些都是天堂里缺乏的东西。除此之外，每个人都被赋予了任务，可能一生都不能理解的任务。一个人依靠孩子们活着，也可能没有孩子们，但和孩子们在一起是一个完整的整体。否则就是一片混沌。

萨什卡叔叔也思索着睡着了："大洪水过后的世界不会变得太单调吧？假如我们把蚊子都打死的话。"他做了个梦，看见了洪水过后的世界，于是觉得自己瞎担心了。由棚屋里的种种生物产生了熟悉的种、属、科的动物。不仅有熟悉的，比如马、鹅、牛、熊，还有象、长颈鹿、鲸、中国人和黑人。

甚至还有之前从未见过的新鲜的动物，他连想象都想象不出来的。醒来后萨什卡叔叔感到神清气爽，心情平静，一大早就想到："或许，我的智慧和各种努力已经足够了？"建造了船形棚屋，任务大概已经完成，现在只要像大牧首一样休息就好了。还有瓦季克和阿纽塔。让他们对于未来的事头疼去吧。他和木霞分享了自己的想法，但木霞却生气起来，她说："你今后的路还长着呢！别以为只要造出方舟就万事大吉了，水兵！"

萨什卡叔叔立刻想起了"定位"一词，打算直接确定他们所处的位置。他打开窗户，贪婪地呼吸着外边的空气，好像隔了很长时间后重新吸的第一支烟。在船舱外，尽管还是大雾弥漫，但显得有些明亮。周围都是灰色的水，粉红色的寂静在其中沉沉地睡着。雨声变得让人如此习以为常，必须非常仔细地听才能把它和水声区分开。很难想象整个庞大的地球，它其实就在身旁的水下。似乎有两三座最高的山矗立着，人们被冻死在山上。多想救他们啊！然而要是北极星都看不到的话，还能定位个鬼。他们漂向何方？现在在非洲吗？还是亚洲、美洲？

"忘了之前的地理吧，"木霞悲伤地笑了，"大洪水之后大陆的轮廓一定会发生变化。咱们在哪里靠岸，哪里就会有房子！"

话已至此就没什么可争论的了！但他们仅有的定位设备就是两个锚，一个主锚，一个辅助锚。萨什卡叔叔赶紧把两个一起抛了下去，万一钩住地面了呢？于是这个习惯保持下来了。每天早饭后到午饭前的这段时间里把锚抛下，与此同时思考着这样那样的事情。抛锚，然后思考，这是一件很愉快的事，比钓鱼有趣多了。锚可以钓起泥土，因此思想也比钓鱼时更加深刻。眼前是深不见底的水，浩浩荡荡，无拘无束，死气沉沉的一片。世界上什么都没有，只有水。所有的一切都被淹没，消逝在水中。如果有人活下来，那一定是喜马拉雅山和帕米尔高原上的居民。像人们所说的那样，大洋海水盈满，荒漠野兽成群，世界充斥不幸！

"现在我们一定得活很长时间，"萨什卡叔叔朝死水里吐着唾沫，"传播知识！然而应该传播什么知识呢？如果带上一个物理或数学老师取代安娜·巴甫洛夫娜就好了。或者是动物学家沃尔格达夫，他知道的事很多。但有阿纽塔的话人类会很快学会唱歌，变得更好。我就给他们讲解如何砍树，如何建造棚屋。关于圆形的地球和它周围的星体，比如月球、火星、金星什么的。关于宇航员，关于普希金！"脑海里突然浮现出那么多东西，萨什卡叔叔害怕自己会忘掉什么，"应该写一本百科全书，从豌豆大帝一直写到建造棚屋！"他刚想削铅笔，突然两个锚先后钩住了水下的某样东西，链条发出沉滞的响声。棚屋猛地停了下来，能清楚地听到波浪拍击船舷的声音。周围的水流成为了环形，仿佛正处于一个巨大漩涡的中央。

"好像有什么东西游过来了！"萨什卡叔叔用微弱的声音喊道，他还没有彻底搞清楚自己到底做了什么事，似乎是违逆了命运、天意和木霞。

大家都跑了过来，沉默地看向拴着锚的链子，大概钩住了什么未知的新生事物。指引着去向何方呢？

"我可以把它们砍断，"萨什卡叔叔觉得有些走投无路，好像自己真的做错了什么。他们在棚屋里自由自在地漂流着，漂流着，忘却了所有不愉快的事。这倒好，一下子挂住了。不依靠任何码头和港湾就停了下来。

"千万别！"木霞拥抱了他，"这些链子不会拘束住我们，它们将我们和未来联系在了一起，这是你做出的选择。无论它是什么样的，都是我们的未来！阅读上天记录下的一切是枯燥的。上天本身也会把我们当成一种负担，如果我们只倚仗它的话。"

瓦季克翻出了地图册，开始寻找不低于六千米的高山。

"欧洲和非洲没有可以钩住的地方，大洋洲就更别提了。"他飞快地翻页，"总而言之，咱们现在在南美洲，或者是亚洲，在兴都库什山上。也可能正好在珠穆朗玛峰上！这要取决于水位高度。"

"咱们怎么从这个珠什么上下去啊？"阿纽塔小声地问，只听到名字就已经觉得头晕了。

"嘿，你可真难伺候！"瓦季克泄气了，"大概是一个更高或者没那么高的社会主义峰，我觉得。"

安娜·巴甫洛夫娜转了转眼珠：

"啊，难道只能在山上生孩子了吗？"

"哎呀，兄弟们，我还是趁早把链子砍了吧！"萨什卡叔叔举起大斧头，他也很害怕这种匪夷所思的高度和悬崖峭壁。

但木霞转过身，背对着窗户，挡在链子前：

"还有充足的时间，可以认真考虑这一切，"木霞委婉地发表了意见，"你，阿纽塔，别忘了，你身边有个兽医呢！

而且还在比这更加恶劣的条件下给猫接生过。对了，在社会主义峰上生产，这对于新世界是一个象征。而且也比在火山口上更加安定。总之，咱们的棚屋抛锚了，似乎是在某一座山的山顶上。这不是很好吗？比停在深渊上强多了。"

容易受到打动的可怜的阿纽塔被木霞所说的高度和深度弄迷糊了。她走到窗前，听到水中似乎有什么东西在扑腾着，或许是她的错觉。

"如果不是山鹰，就给我捞上条小鱼吧，"她哀求瓦季克，"什么都好，如果它们游到山上来的话。"

之前用螟蛾当鱼饵的时候，鱼总能很快咬钩。基本上都是一些河鱼，鲤鱼、梢鱼之类的。而瓦季克却想钓上一些海鱼，例如金枪鱼、沙丁鱼之类的。假如世界上的所有水都混合在一起，应该可以钓到鲱鱼什么的。他十分想取悦安娜·巴甫洛夫娜，好让她唱歌。于是他把精挑细选的蠕虫挂在锋利的四爪钩上，连上了一条最结实的钓线，就像罪恶都无法将其侵袭的花束。装上了铅锤的钓线穿透雾气，呼啸着飞出窗外，发出小小的一声扑通，沉入了水底。他把钓线缠绕在手指上，然后再捋开，想制造一个充满诱惑的假象，好让那些懒惰的鱼出于好奇心咬钩。他使劲眯缝着眼睛，想看清远处的水面，雾气中浮现出一双双厚颜无耻的小眼睛，然后出现了完整的人形，准确地说来是一群丑八怪。雾气挑衅地做着鬼脸，之前从没有见过。瓦季克敲了下脑袋，弯了弯手指，马上感觉到非常吃力，有什么东西咬住了鱼饵。上钩的好像是一种奇怪的高山鱼类。它没有什么特别的反抗行为，不折腾，不挣扎，不试图摆脱鱼钩。一个又大又重的东西，循着鱼钩从深处浮上来，好像想要看看谁在上边抓着钓钩。不得不用两只手一起拉钓钩，否则会从窗户里飞出去，或者拍到窗户上。剑鱼还是锤鱼，鲨鱼还是独角鲸。心脏激烈地疯狂地跳动着，因为不知道鱼竿上挂着什么样的鱼，但感到很幸福欢快。这样一来就能让大家高兴，还能安慰安娜·巴甫洛夫娜。

把整个上半身都伸出窗外，瓦季克在身旁很近的地方看见了死亡！第一眼看上去还以为又是雾气开的玩笑。怎么说呢，是死亡，又不是死亡，而是一个极其令人心情压抑的东西，经常在噩梦中出现，长时间挥之不去。到现在为止，水还没有退去，大洪水没有结束，在他面前出现了一张狰狞的脸，大概有洒水车的罩子那么大，龇着红色的牙。那个生物的身体又长又滑，浑身覆盖着黑色鳞片和黏液。这种恶心的东西大概一辈子都忘不了！他赶快用小刀把钓线割断，差点没割到手指，之后瓦季克扑通一声栽倒在了地上，找个角落藏了起来。他就这样躺着，听着窗外的水声，想了很多事，做出了很多决定。第一，以后永远都不钓鱼了，在这个破地方，鱼龙都像鲫鱼似的咬钩。第二，对于刚发生过的事绝口不提，他不想吓到大家，尤其是安娜·巴甫洛夫娜。万一她又耍脾气，要把远古生物摆上餐桌怎么办？第三，把拴着锚的链子砍断，让棚屋漂得更远一些，或许向北极星的方向？"对了，为什么有南北两极，却只有一颗极星。"瓦季克感到很气愤。所有想法都乱成一团，在浩大的世界中漫无目的地乱转。

木霞姑姑碰到瓦季克时，他还没有摆脱沉重低落的心情。木霞一下就看到他脑子里在想些什么，不愧是闻过蛇肚子里的豌豆开出的干花的人。她把瓦季克领到舱室里，把他放到床上让他睡觉，午饭时再叫醒他。

"也就是说，链子丢失了，也不会再有鱼了！"木霞在餐厅里向大家宣布，"咱们马上就要开始吃落叶松的圆锥花序了。"

"咱们成什么了！"被鱼龙吓得不轻的瓦季克大喊，"反刍动物吗？"

"这我可得提醒你了，"木霞叹气，"边上没有商店，即使有也不知道什么时候开门。"

"我怎么觉得附近就有农村消费合作社。"萨什卡叔叔活跃起来，"罐头肉，通心粉，茄汁鲱鱼！光吃圆锥花序不会死吗？"

木霞吃惊地盯着他：

"你这是在担心吗？难道不知道这种落叶松？要知道这是爱的气息，智慧之树！它的圆锥花序使亚当和夏娃相互吸引，使他们头脑清晰。苹果是什么？一种水果，没什么更多的含义。而落叶松的圆锥花序可以触动灵魂，使灵魂微微刺痛，为的是使人不陷入睡梦中。"她一边说着，一边煞有介事地伸出一根手指。

"是的，我已经吃了，"阿纽塔说，"完全可以忍受，含有大量维生素 C，但的确会导致失眠！"

大洪水的最后几个星期，谁都没有睡觉。瓦季克倒是时不时陷入昏迷，当他想起鱼龙的时候。不过这也避免了夜里说恐怖的梦话。木霞姑姑没日没夜地用圆锥花序煮着汤和罐头，煎炒，用盐和醋腌制。她乐此不疲地鼓捣着，还让萨什卡叔叔去农村消费合作社买胡椒。

"我倒是乐意去！"萨什卡叔叔辩解道，"但是没有时间！"

实际上他也一天从早到晚从晚到早把头伸出窗外，用两根手指打呼哨。先吹哨，然后安静下来。仔细地听着，然后再次吹哨。哨声在雾气中翻飞着，不知道消失到哪里去了。或许像绳子一样抻的很长，或许像黏土一样碎成一块块，或许是之字形，或许是环形。

"想吹口哨勾搭漂亮姑娘吗，水兵？"木霞问道，端来圆锥花序午饭，"你认为会有美人鱼游过来？那我就麻利地把它的鳞片刮掉，从尾巴到头顶！"

瓦季克没走近，但他老远就觉得不舒服了：

"爸爸，你这是白费工夫！的确会有什么东西浮上来，然后直接把你的脑袋砍掉！"

"你这是哪儿的话？木霞姑姑不是那种人。她也就开个玩笑！"萨什卡叔叔在两次呼哨的间歇中回答。

阿纽塔在旁边走来走去，入神地听着，终于开口请求做萨什卡叔叔的学生。

"我不知道你这种状况能不能打呼哨。"萨什卡叔叔有些迟疑。

"这样对身体更好。"阿纽塔解释。她刚把两根手指伸进嘴里，吹出的哨声比之前好多了。

她很有打呼哨的天赋，而且像人们所说的那样一门心思地练习下去。半小时之内，她不用手指、用两根手指、三根手指，甚至是全部五根手指打着呼哨。她的哨音抑扬顿挫，带着颤音，还分成不同乐句。有时听起来像芦笛，有时像单簧管或索别尔笛。

"啊，在一片大雾中，在全世界的大洪水上打呼哨是多么惬意呀！"阿纽塔狂喜起来，差点没从窗户掉出去，"只要站在这里打呼哨，不管白天黑夜，什么都不用想，忘记世界上的一切！"于是她一刻不停地打着呼哨，仿佛三片莺声呖呖的无眠的树林。

萨什卡叔叔担忧地看着她，像看着一只发疯的、神志不清的小鸟。

"姑娘，你明白吗，我不是光打呼哨。我主要是想听回声。"

阿纽塔更加兴奋了：

"啊，打呼哨和听回声是多么惬意啊！传来回声的位置越来越高，好像是从星星上反射回来的。"

"真的？"萨什卡叔叔紧张起来，"越来越高？我怎么一点都没感觉到，明明都把耳朵磨得很尖了。如果回声很高的话，就说明大雾的罩子马上就会消散！"

的确没错，第二天早上虽然还有雾，但已经变得像个醉鬼一样，摇摇晃晃的，举起双手以免摔倒在地上。金色的天空透过雾气展开，最后的雨滴从上面滑落。木霞姑姑先听到，之后看到一只飞行的乌鸦。她能在迷雾中看到东西，就像在别人脑海里看到那样。于是她按照记忆中古老的鸟占卜术做出了判断，大水在一个星期后退去，因为乌鸦飞啊飞，最后在大雾中的某个稳固的地方落下，从那里传来嘎嘎的叫声，和大洪水前一样。长时间在海上航行，多么渴望靠岸啊！如果知道没有任何岸，只有无边无际的海，那么只要有什么水以外的东西就足够了。因此乌鸦使他们感到非常激动。它是怎么挨过三个月，没有变成水生动物的？大概其他长着翅膀的鸟类也都得救了。

"热气球驾驶员！"瓦季克大喊，"在飞机上，在热气球上！"

"燃料未必够啊。"萨什卡叔叔不悦地指出。

"在太空站上是不是有五个人？"安娜·巴甫洛夫娜回想起来。

"那些当然能够存活下来，如果有食物和空气的话！但看到整个地球都被大水淹没是多么痛苦啊！精神失常了吧。"

"在船上和潜水艇上又会怎么样？"瓦季克坚持道，"还是爸爸你想说咱们是这个星球上仅有的幸存者？"

萨什卡叔叔感到很窘迫：

"我嘛，你得相信，不反对别人。如果谁都活下来的话，我只会高兴！"他把手放在心脏的位置，"然而木霞姑姑说了，在大洪水中只有被选中的人才能幸存。这是一个家族，大概就是咱们，不算那只乌鸦。"

白天的时候雾气肆无忌惮地活动着，准确地说是跳起舞来，它小步跳着，蹲下走，似乎稍微远离了一点。浑浊的雾幕上显示出一切不清不楚的影子和线条。或许是山脉，或许是某种动物的脊梁骨。

就这样，他们已经完全顾不上睡觉，顾不上吃饭，也顾不上打呼哨！所有人都感觉到大洪水和在水上四处漂泊的日子马上就到头了。不仅是根据木霞的推测，事实上也是如此。动物们也都躁动起来，发出各种叫声，呼哧呼哧地喘着气，仿佛车厢里的乘客们，似乎已经抵达目的地，但车门还没开。气味的问题一直是个困扰。为了打扫兽栏、兽洞和兽窝，可怜的瓦季克被扔到了下面，像一个采珍珠的人，因为他憋气的时间比较长。安娜·巴甫洛夫娜在上面帮助他，唱着最喜爱的《萨特阔》中的咏叹调。美妙的声音能够使瓦季克的注意力从恼人的气味上转移开来。但声音和气味和谐地融为了一体，因此瓦季克再也不能听这出歌剧了。

新生活的开端近在眼前了。然而到底有多近呢，几厘米还是几肘？还有怎么从顶部下来，方舟应该在哪里抛锚。"洪水，之后，水流。"木霞像说绕口令一样飞速地念着某句咒语。

傍晚时分，雾气中残留在许多鸟类的羽毛，它们纷纷飞向空中，在那里闪烁着点点星光。大家看着星星，心情十分爽朗，仿佛第一次看到一般。

"不用想不用猜，我想死这些星星了，"萨什卡叔叔说，"啊，它们是多么熟悉多么亲切啊！"

"我说了吧，"瓦季克也高兴起来，"地球有南北两极，应该也有两颗极星。这不就是第二颗吗！"

"第三颗，第四颗，"阿纽塔一边数星星，一边听着外边的声音，"它们的旋律也是全新的！"

"第五颗，"木霞小声补充道，"可爱的星星，美丽的星星，但不熟悉。我本人并不认识它们。"

萨什卡叔叔忙活起来，从一扇窗跑向另一扇窗，好像急匆匆地接待着那些自称为帝的人们。

"等一等，等一等！这应该是一个光学幻象！又是雾气开的玩笑！"

他们整夜伫立在窗边，瓦季克也踮着脚尖，努力寻找哪怕一个熟悉的星座。仙后座吗？如果有犄角和横梁的话还算什么仙后座？形状与其说是 M，不如说是 Ж！没有猎户座，没有大熊座，连银河都看不见。

"唉，"木霞姑姑叹了口气，临近早上，天空变得比水面更亮，星星一下子都熄灭了，"根据那些星星判断，咱们既不是在北半球，也不是在南半球！或许地球朝哪个方向偏转了吧。现在咱们来看看太阳是什么样的，它从哪里升起。"

幸运的是，太阳仍然是熟悉的那个，只是在长时间缺席后看起来异常明亮。它像往常一样从东方升起。因此，至少可以认为光线的方向和星星一样早就在雾气中被打乱了。天空至少变得澄澈了，可雾气还在水上浮着，环绕在棚屋周围。仿佛在一只被装得很满，马上就要溢出的巨大的玛瑙酒杯里。夜空中的星星已经完全消失，太阳灼烧穿透着船舱外的水面，因此可以看到拴着锚的链子，逐渐延伸向绿色的深处。邻近正午萨什卡叔叔看了看两个锚，它们紧紧地钩住了某个弓形，弓的背部向上凸起，好像一道彩虹。

"像脊柱！"瓦季克活跃起来，"巨大的穿山甲的骨架！"

木霞姑姑看了很长时间，一会儿闭起一只眼睛，一会儿闭起另一只，终于开口说话：

"朋友们！这是人工制造的东西！咱们似乎不在山上，而是在一座大城市上方。"

"啊哈！谁跟你们说农业消费合作社来着？"萨什卡叔叔激动地跳起来。"我这就扎个猛子下去！"他脱下了鞋，正准备不解扣子直接把衬衫脱下。木霞只凭一个动作就麻利地把袖子拧了下来，使衬衫变成了一件精神病人用的拘束衣。

"别做傻事！试想一下这是一百层摩天大楼的屋顶，下面是黄色魔鬼的城市。"

"什么魔鬼？"瓦季克脸色变得惨白，似乎又想起了鱼龙。

"你们认为这里是纽约？"阿纽塔像唱歌一样问道，"啊，水赶快退下去吧！我同意在纽约生孩子。其实这也可能是伦敦，或者巴黎！没错吧？"

"那莫斯科呢，姑娘，不合适吗？"木霞怀着过剩的爱国心问道。

萨什卡叔叔吭哧了一声，摆脱了衬衫的束缚。

"我也想过！但不能相信莫斯科被洪水淹没！"

"大洪水是世界性的，爸爸，"瓦季克相当刻薄地说，"不管你想不想，都只有我们幸存下来！"

然而萨什卡叔叔没有听，他怅然若失地在甲板上徘徊，挥舞双手，不停地念叨着：

"嘿，我不信，一切会变成这样！我不能相信莫斯科沉没了！"他走近窗户，长久地注视着水面，希望找到反驳自己想法的证据。唉，除了谜一般的弓形和拴着锚的链子以外，那里什么都没有。

吃过午饭后，瓦季克、阿纽塔和木霞姑姑爬上屋顶晒太阳，但没过多久就下来了。他们沉浸于天空和水面，没人发现远方雾气中隐约浮现出的岸边。左边、右边、前边、后边。总之，棚屋在一个湖中心抛锚了，岸上丛林密布，生长着松树和云杉，还有锯齿形的草原。

瓦季克又开始疯狂翻动地理地图册：

"难道是贝加尔湖？要不然是安大略湖？维多利亚湖？还是拉多加湖？"

"那根本是另外的大小！"木霞粗暴地打断了瓦季克的

话,"在那些湖里不可能一下就看到所有的岸边。该动动脑子了!而且哪来的这么规则的圆形?"

"你自己说过,轮廓会发生变化!"萨什卡叔叔插嘴,"如果星星都变得面目全非,水域怎么可能一点变化没有呢?"

"没错,没错,但湖中心的弓形?难道这里是湖中城吗?"木霞凶恶地眯缝起眼睛,"抱歉,这里怎么看上去都是一个被淹没的采掘场或者地基。"

极度痛苦的阿纽塔得知这里不是巴黎,连莫斯科也不是,只是一个该死的地基,她扑哧一声笑了出来,像涅莉一样。不是马,而是另一个涅莉。于是她又爬上了屋顶,站在阳光下,从那里传来她的声音:

"这个故事里有太多的雾!像圆锥花序熬成的糊糊!"

木霞姑姑忍无可忍,她也把头从窗户里伸出,大喊道:

"你这么说的话,我的小鸟,好像是我专门把雾放出来的!"

"或许就是您放出的,用您的巫术!我怎么可能知道?"然后阿纽塔生气地打起呼哨来。

"你听听,她这是胡说八道什么呢!"木霞转向萨什卡叔叔,"还吹起口哨了!"

"什么叫胡说八道？"瓦季克放肆地问道，"她吹的口哨也是一种艺术！"

"你，儿子，接着看地图册，别冒头。"萨什卡叔叔相当温和地建议，实际上他想抽打瓦季克想得心痒，正好趁着新生活还没开始。但他刚好想起了动物学家沃尔格达夫，现在他大概也是一个淹死的人了。沃尔格达夫曾经说过："太阳活动！黑子、耀斑、日珥！"于是他费劲地爬上屋顶，把安静下来的阿纽塔架在胳膊上带下来。

"阳光已经足够了。晒得太多，跟个壁炉似的。到处都是滚烫滚烫的。还好船舱里有灭火器！"

令人心情平静的夜晚及时到来了。四个人分散开站在不同的窗前，大家都沉默地看着变暗的岸边，没有人发现太阳落下的地方和早上太阳升起的方向是一样的。这一夜他们都睡得很好，在陌生的星空下。这是几个星期以来的第一次，就像在外迷路了很久的人终于回到家一样。只有萨什卡叔叔感到不安，但他自己并不知道为什么会有这种感觉，而且十分严重，就像他人生中唯一一次被一棵百年松树砸到的经历一样。当然，雾气消散了，然而还有很多事没有搞清楚，未来的影响仍是模模糊糊的。

第二天早晨的阳光明媚而通透。绷得紧紧的链子变松了，可以提起三肘的长度。也就是说，水位下降了整整三肘！岸边显著地增加了，并且看起来竟然很熟悉，真奇怪啊！晴朗的早晨使人头脑清醒，萨什卡叔叔突然全都明白了。不，这不是湖，也不是采掘场和地基！在他还是伐木工长的时候曾在这里砍过松树和云杉，那些树木就像是故意一样向他身上砸来。当时他召回了伐木队，结果就因为这件事被撤职了。现在他终于认出了四周的斜坡。没错，这就是那个从市议长手里偷偷溜走的流浪盆地。他们在水灾的最初几天被一条狂暴的河流冲到了这里。也就是说，他们整整三个月没有这个棚屋也能活下来，然而他们却像被关押的犯人一样，一直没有将链条连接到观察轮上。去你的世界性大洪水！就是一场大雾中的地区性河水泛滥。比洒水车游行稍微厉害一点。

"啊！多好啊！多么的美妙！大家都活着，没被淹死，沃尔格达夫也是，莫斯科和其他人也是！太棒了！"萨什卡叔叔努力让高兴的心情传达到灵魂深处。然而，在他的灵魂深处埋藏着一种焦虑的失望，就像深深没入泥土中的锚。他的思绪如被劈柴斧下的原木一般断成了两截，似乎一切都很好，但又有些不太对劲的地方。说实话，他不愿相信自己的眼睛。就好像他被发射到火星，在途中一边飞一边想着自己将成为登上火星的第一人！结果打开舱门一看，什么？老家的中心广场，还有那个伸出一只手的纪念碑。旧世界还安然无恙井井有条，这当然好极了！但他还一心打算建立一个新世界，显而易见，现在这种可能性已经暂时消失了。一切都化为了泡影，载着动物的棚屋，怀孕的音乐老师，圆锥花序熬成的粥，甚至还有木霞和她的关于被选中的人有多卓越的言论。被选中的人具有卓越性，完全就是一个听起来漂亮的玩笑！要知道如果真的被上天发现并且选中的话，那么应该不是一块木头，一个空位，而是什么更加有意义的东西。这样设想很愉快，但也很愚蠢。隐隐约约的希望一瞬间烟消云散。他准备把鲸鱼拉出来，而鱼钩上只有一条小小的鲈鱼。现在听天由命吧！

他决定像之前瓦季克看到鱼龙时那样，在最后的时刻到来之前不把自己的发现告诉任何人，不惊动他们。对于他来说，早晨已经变得黯淡了，以至于他完全没注意到太阳从哪里升起。

"嗯，好吧，我不写百科全书了！"萨什卡叔叔用一种懒散的语气说，仿佛整个科学院的人都泪眼汪汪地哀求他赶快开始工作。

"这是怎么回事？"木霞在他背后感叹道，"你想因为我们昨天的愚蠢行为惩罚我们吗？但你得为子孙后代考虑考虑吧！"

"我们已经反省过了，爸爸，知道自己错了！"瓦季克走了过来，"没有百科全书咱们就完蛋了。你想打我就打吧，千万要写啊！"

刚睡醒的阿纽塔也闻声赶了过来，她拉住萨什卡叔叔的手，亲吻了他的面颊：

"不要拒绝，爸爸！我会帮忙的。您只要口述就行了，我来记录！"

深受感动的萨什卡叔叔差点从窗户爬出去，他飞快地眨着眼睛，眼前的一切仿佛都在向后退，像火车车窗外无休无止的栅栏一样。

"但现在还不是时候，"他轻轻咳嗽了几声，没有转身，"开始着陆了。"

的确，水位又下降了两肘。水飞速地减少着，在船舷上留下一团团泡沫。多少能看清清楚棚屋的底座、观察轮的轮辐和挂在上面的吊台。吊台的形状很像之前从没见过的大眼睛动物和鸟类，在祖母绿色的水中闪烁着，反射着太阳光线。

"上帝啊！这是上帝之轮！我听见了翅膀的声音！"木霞惊呼，她坐下去，差点没吓傻，"哦，这是先知伊齐基尔的幽灵！"

萨什卡叔叔和除了木霞以外的其他人一样，不知道任何幽灵的具体知识。而木霞和除了萨什卡叔叔之外的其他人一样，不知道观察轮。由于他们观点不合，这些其他人，也就是瓦季克和阿纽塔觉得十分不知所措，不知道他们在想什么。但回想起昨天的激烈交火，瓦季克和阿纽塔打算把木霞姑姑抬起来，把她从窗边运走，送回舱室。然而木霞固执地钉在了原地，纹丝不动。

"放开我，放开我！"她小声说道，"脸朝下，仔细听着。他要说话了。"

这个早上发生了太多事，深受感动的萨什卡叔叔想在大家面前坦白他所知道的一切，仿佛别人强迫他一般。

"咱们下面是一个流浪的盆地，"他重重地叹了口气，好像刚完成紧急迫降的飞行员，"我觉得，傍晚咱们就能着陆了，明天就能回家！"

"怎么回家啊？"瓦季克怜悯地看着他，"很显然，爸爸太感动，现在有些神志不清了。"

"回家，孩子们，回家！"萨什卡叔叔使了个眼色，"没有什么世界性的大洪水，只是一次小小的棚屋漂流，从家里到最近的盆地！"

木霞稍微抬起头，四周环顾了一番，并且没有发现任何人。

"我听见什么胡言乱语了？"她大喊道，"这是魔鬼在说谎！快滚开，从我眼前消失，你这个魔鬼！我对于恶毒的人无可奉告！我的话是绝对无法撼动的！"

木霞的叫喊似乎太强烈了，连棚屋都承受不了，如同一个被魔鬼附身的人一般剧烈颤抖着。到处都发出敲击声、摩擦声，仿佛正身处脱粒粉碎车间之内。动物们也疯狂地叫唤起来，想被切开劈开了一样。棚屋走着鸭子步，左右来回晃着。活动的器具从一边的墙壁滑到另一边，最终跳出了窗外。煤气炉冒出了火苗，火沿着地板蔓延。灭火器上部撞在了门框上，跳跃着，颤抖着，喷出了浓浓的泡沫，最终钉在地上不动了。外面发出巨大的轰隆声，仿佛一场夹杂着冰雹的暴风雨，电闪雷鸣。

"豌豆大帝在门口亲自迎接我们！"木霞从桌子下钻出

来，"我们即将进入新世界，这是新世界的分娩！就现在！已经来了！"

一下子一切都归于沉寂。棚屋在某块坚硬的地面上停了下来。突如其来的寂静带有一种挑衅的意味，萨什卡叔叔爬到了窗边。拴着锚的链子向上拉伸着。观察轮升得高高的。大眼睛的吊台摇晃着。周围弥漫着平和、安宁、纯净的气氛。草、花、灌木、树林，这一切都恍如隔世。水灾和匆匆过去的暴雨一样，只留下了水坑和小溪。真的很难相信，整整三个月他们都在这里，在一片水体的底部！太阳晒干了悬浮于大地之上的轻飘飘的海市蜃楼，刹那间一切都消逝了吗，响起了蜻蜓翅膀扇动的声音。

"不是所有雷都会劈中人，即使真的劈中人也不会是我们，"木霞相当清醒地说道，"也就是说，咱们会毫无损失地进门的！把棚屋门打开！"

实际上瓦季克和阿纽塔已经从窗户爬了出去，互相搂着散步，不停地嗅着周围的气息，像亚当和夏娃，从棚屋直接到达了天堂。总之，在哪里着陆，世界上还剩多少人等问题对他们来说无关紧要。他们几乎没有发现，现在和之前相比多了两个字。那就是草茎！虽然草茎显著地膨胀了，好像多年生的大戟一般。

"是啊,就像童话里说的那样,轮盘转动,降落地面!"萨什卡叔叔一边四处走动,一边想象着。水退去的时候,锚链支持了棚屋的全部重量。而观察轮松动了,完成了一个费力的半转,发出叮叮当当的巨大响声,来回晃动着被架在空中的动物们,最终降落在盆地中的红土上。但是,这里的红土是从哪儿来的?可以种葡萄了,还有橙子!

木霞把动物们从棚屋里放出来,由于充沛的情感终于得到释放,动物们都尽情地撒着欢儿。有的飞,有的跳,还有的在草地上打滚。动物们相互拥抱亲吻着。尤其是那只吉卜赛人的熊,它就像一个微醉的水兵,把所有人亲吻了一遍。小马涅莉和驼鹿肩并肩地奔驰着。那些嘶叫的动物都发出了嚎叫声。哞哞叫的动物汪汪地叫着,而汪汪叫和喵喵叫的动物则哼哼着。总而言之,所有动物都发自内心地尽情欢乐。

所有人都感受到,流浪的盆地里满满地都是爱的气息。这是最初的地点!当重大事件即将来临的时候,各种各样的想法都会纷至沓来,有激动,有怀疑和忧伤,有动摇和担心。站在门口时经常会有这种情况,是进去还是离开。而现在一切都被侵蚀冲刷掉了,大概去了暗物质那里。"这是一个奇

邻居斯维奇金

怪的盆地，"动物学家沃尔格达夫曾经说过，"倒不如说是一个陨石坑。从物理角度来看，那里经常发生非常规现象。"谁知道是怎么回事，可能上帝的荣誉之轮滚到了这个盆地里，只有木霞看得见它。如果人类改变，那么上帝也会随之改变，反过来则不可能。而萨什卡叔叔的坦白打断了上天的声音，并将其淹没了。现在只能自己决定，接下来做什么！"我们要留在这里吗？"他首先想到。

"在哪里停靠，哪里就是家！"木霞点头，"咱们的棚屋似乎来到了天堂！"

突然间，从无线电接收器里传来了很多熟悉的语言。世界上和往常一样十分不平静，但关于洪水的事一句都没有提。

"一切都会朝着好的方向发展，从古至今都是这样，"萨什卡叔叔说，"来看看城市，然后就回家吧。"

土地迅速地变干。瓦季克和阿纽塔走进了灌木丛散步，突然撞上了某个东西，长长的，差不多有三十米，黑红相间的颜色，带有许多尖利的牙齿，看上去栩栩如生，但它又跟一块原木一样一动不动。这是依照市议长命令用塑料制造的那段垂直滑行的过山车，也是观察轮在这里唯一的朋友。瓦

·229·

季克从黑色的尾巴一直走到红色的脑袋，从嘴里扯出了四爪钩和一截破烂的钓线。

"真奇怪啊！"他不自信地笑了，"之前还是活着的，现在怎么变成干瘪的一块了呢。这种事可能发生吗？"

"为什么不可能？"阿纽塔踢了一脚地上的怪物，"当你为我钓鱼的时候，它还是活着的！我亲耳听到它是怎么嚎叫和咆哮的，这只见鬼的鱼龙，类似鳄鱼的家伙。"她说着说着还晃了晃扁平的肚子。"我差点被吓得流产！现在谁还需要这只鱼龙呢？所以它干脆就变成塑料的！"她用力地踢着，鱼龙一哆嗦，飞快地钻进灌木丛爬走了。

他们吃午饭的时候讲起了这件事，先是互相推让着，好笑得鼓起腮帮子，最终忍不住噗嗤一声笑了出来。木霞在一边随声附和：

"就是这样，它沿着斜坡溜走了！哎呀，你们把可怜的家伙踢走了，因此我们活了下来。它只有一条路，就是到那个残湖里去。"

其实，塑料鱼龙的确消失了。可能萨什卡叔叔把它砍断做成了羊圈，在一堆木头中时而闪现着某种黑红色的东西。出发前往城市的时候，他们看到了宽宽的，非常忧伤绝望的爬过的痕迹,从这个痕迹可以明显看出的确有过鱼龙的存在,人们一次都没有在它上面垂直滑行过!

"你真不该踢它!"瓦季克叹气。

"别说了,我觉得特别难受!"阿纽塔抽泣着说,"世界上果然没有真正的和谐!即使是一条鱼龙也是会觉得委屈的啊。"

他们走到了河边,逆流而上,绕过了由黑漆漆的树枝树干和被拔起的一团团树根堆成的废墟。到处都散落着破烂的小船、水桶、箱子,甚至是公园长椅。萨什卡叔叔在一个橘黄色的电话亭旁呆住不动了。

"我在这里打过好多次电话,"他悲痛欲绝地说道,好像在给谁扫墓一样,"这不,还把电话号码划在了墙上,怕不小心忘记了。这是即使连根拔起都不会忘的事!咱们小小的故乡还安然无恙吗?"

瓦季克发现了在远方高高的岸边上的挖掘机的铲臂。如果它还坚守在那里的话,那么就没什么需要特别担心的!但事实上小城市还是遭受了一番蹂躏。

房子好歹扛过了水灾,但街道都消失了,就像从来都没有过一样。地上坑坑洼洼、沟壑纵横,像刚被炮弹轰炸过,

没有沥青，没有水泥。双脚可以直接踩到永冻土。而在中心
广场上的那个忧郁的纪念碑也歪斜了，伸出的手臂仿佛指向
地狱。用一句话来说，城市里一派凋敝的景象，心脏剧烈疼
痛起来，甚至要号啕大哭。没有整齐的沥青，小城市变成了
村庄，实质上它一直都是一个村庄。

"唉，和威尼斯差太远了。"木霞说道。

路上稀少的行人无声地向他们点头致意。如果是其他时
候，只要看见瓦季克和有着怀孕特征的安娜·巴甫洛夫娜，
还有和他们在一起的兽医木霞姑姑，他们是绝对不会停下
的。而现在他们都目光无神地询问："您好，假期过得怎么
样？""我们去海上航行来着，"萨什卡叔叔回答，"环游
世界！"他的回答已经不会令任何人感到吃惊了，因为他们
自己的经历已经足够丰富，从死在了高加索的市议长拉吉舍
夫开始，以爆炸和蚊子结束。

事实真相终于浮出了水面，城市变得面目全非不只是因
为自然的力量，还有从首都来的特殊工作队。一群潜水员来
到这里治理水灾，通过定向爆破打开排水道。三个月内水位
没有之前一个月升得高，这实在难为了潜水员们！然而当水
退去的时候出现了奇怪的景象，所有人身上都疼痛瘙痒起来，

像菜园中的养蜂场，又像翻好的菜畦之间的蜂房。而且，到处都是进化了的大红蚊子！或许是爆炸的轰隆声，或许是潜水员自身，或许是缺少沥青对它们的神经系统造成了负面影响。这些蚊子行动敏捷，反应迅速，并且极其嗜血，怎么都拍不死。它们差点没把喝醉了的库里洛夫的血吸干，据他回忆，当时他正沉浸在一个响起类似防盗设备的声音的梦中。之后吃血母片吃了很长时间。蚊帐、药膏、蚊香片统统不管用，最后人们由于绝望直接把蚊香片吞到肚子里。动物学家沃尔格达夫把蚊子们放到冰箱里，得出了一个结论，这些蚊子冬天也不会死，它们是抗寒的！"大自然真是变幻莫测，谁知道哪天会发生什么。"路上的行人一边抓痒，一边朝遥远的首都点头致意。

"什么破蚊子！"萨什卡叔叔看向自己的老房子，现在它看起来非常陌生，整体都下陷了一大块，"咱们经历了大洪水！"

"确实是这样，"木霞表示同意，"世界性的水灾，无论是思想上还是感觉上我都是这么认为的，咱们经历过来了！"

他们现在根本不能想伐木队、给猫绝育、唱歌课、学校作业的事。只要想起一点就会惊慌失措。三个月以前他们在棚屋里漂走，对于他们来说旧世界永远地沉没了。一切都被水流带走，一切都变了。于是他们渴望重新开始，唱着歌，怀着爱，咀嚼着圆锥花序。这是一个多么美妙的任务啊！

"我们一定能从暗物质中达到光明与和谐！"安娜·巴甫洛夫娜突然大喊，好像在朗读招贴画上的标语，说完后她觉得有些不好意思，"是这个意思，我是暗物质。而新生命，我希望它能成为一个光明、匀称、温和的人。与这个混乱的世界势不两立！"她东张西望着，差点踩到地雷留下的坑里。

在那之后他们离开了我们的小城市，带着对这里的回忆，但没有一点遗憾。

有一天，也是唯一的一次，木霞姑姑来看望我。那时已经过去了三年零六十五天。木霞姑姑把欧克季亚布尔·彼得罗维奇遗留下的一袋金沙转交给我。但她没有邀请我到他们那里做客。她说在他们那儿，流浪盆地里，什么生活用品都不缺！最主要的当然是爱的气息。还有肥沃高产的红土，不用再忍受永冻土了。盆地就像一口架在微弱的火堆上的锅，很温暖，但又不太热。太阳沿着盆地边缘绕圈，不会升得很高，而且总在升起的地方落下。每一天都十分美妙，早午晚饭时分别有三道彩虹横跨天空。"总之，在流浪盆地里有无数的戏法和花招！"木霞说，她的眼睛炽烈地燃烧着。"就像沃尔格达夫认为的那样，这是一颗奇怪的小行星，自身有着某种引力。但也可能是另一种情况，你想象一下，"她压低声音说道，"地球的孩子们，他们在不久之前刚出生，现在还在吃奶。他们相互接触着，因为那个痕迹像一个巨大的球留下的。我们的小行星有自己的轨道。它在北纬四十度至北纬六十度之间，由西向东，每五百八十天环绕地球一周，也就是正好两年的时间，地球的一年和盆地的一年。有时候移动得比较快，夜晚几乎静止不动。在盆地上空完全是另一片天空，是独一无二的。星星像小鸟一样唱着歌，只有两颗极星除外，它们发出低沉的响声，像雾中的轮船一样。在盆地里你们头顶上的陨石缝隙看起来就像一座城市。配合着一个月的暴雨，盆地才能到那里去一趟，就像洗个澡吃点东西一样。这里是唯一一个能够发现它，对它敞开的地方。可以顺便来访，可以离开，但需要智慧，因为没有通向那里的大路和小路。"

是的，他们就在那间棚屋里繁衍生息下去了，仿佛在天堂一样，活在天国一样。他们谁都不想离开那片天堂，因为是他们自己找到它并改造了它的。这是上天对萨什卡叔叔的委托。如果木霞姑姑不向他解释清楚的话，他大概也是不会理解的吧。木霞姑姑是这么说的。现在那里是他们的土地，他们的伊甸园。他们在那里延续着人类血脉。也可以说是复兴？安娜·巴甫洛夫娜生下了三胞胎，该隐、亚伯和丝发。她称瓦季克为阿季克，或者直接叫他亚当。他是红土地的人类，极其热爱自己的盆地。他建造了苗圃和养兽场，在那里种植葡萄和豌豆，期待着能长出长寿的豌豆大帝，然后放在小锅里一煮吃掉，然后自己也可以活几千岁。他不用钩子钩豌豆，而是用镰刀收割，想要标新立异，不走前人的路。

而萨什卡叔叔成为了族长，有了三个孙子和五个孩子，要是算上瓦季克和阿纽塔的话。其余三个孩子是木霞生的，就像事先预想好的那样，分别叫作闪、含和雅弗。别看孩子们起了这样的名字，萨什卡叔叔还是希望能够改变历史，并且他已经开始写了百科全书，甚至还想起了什么是船钩。然而要写到字母 C 还早着呢。各种各样杂乱琐碎的事刚一想起来，马上就又忘记了。他还给棚屋建了地基，在上面又加盖了几层，看起来像沙皇的宅邸一般！简直是宫殿！只是外表看起来有些原始。"很快就达到木霞确定的尺寸了，完美无缺的计算！"萨什卡叔叔遗憾地感叹道，"永远都得听木霞的！"实际上这只是木霞的一面之词。除此之外，萨什卡叔叔还调整好了观察轮机。轮子转动着，微微发出咯吱咯吱的声音，每半站短暂停留一次。那些酷似动物的吊台挥舞着翅膀，脚下走着碎步，牙齿打着寒战，很多只眼睛闪烁发光，所有孩子和孙子都在里面玩耍。不知道他们信仰的是哪个上帝，木霞姑姑也没说。或许他们信仰的正好就是那个观察轮？从上面可以看清旧世界和宇宙其他部分的一切，雾、火与水，水与雾。或者已经经历过的，或者是从未有过但将要经历的。

我们一次都没有再见过瓦季克。他每天日理万机，无法从盆地里抽身。假如他有一天出现在我们的小城市，那他也未必会想起我。即使想起我也不会来我家，即使来了我家也不会碰见我。在他们的新世界人的生命很长，而在我们的旧世界，一切都能被装进几十年的时间内，为什么还要活好几百岁呢。

在我和木霞姑姑告别之后不久，在城市里开始流行关于爱的盆地的传言。难道是由我而起的吗？似乎确实是这样的。之后开始了水上棚屋时代。大部分棚屋都是用山杨木建造的。虽然也有陆龟树建造的，不知道他们是从哪里弄到的。虽然只是普通的原木，但每一截上都盖着"陆龟"的戳子。可能是厂长的名字吧。

现在大家都在等待着洪水来临，从而乘坐棚屋周游世界，但一直没有等到。新的市长斯捷潘·拉辛之前是个船夫，他号召大家组成一个商队，在此基础上保留作为行政单位的城市，即使是一个没有固定位置的、在赤道附近水域漂流不定的城市。但每个人都想得到自己的盆地或者火山口，采掘场或者峡谷。最差的也得是一条沟或者一个坑，但必须要充满爱的气味。

当然了，在我们的小城市里这也不对，那也不对，一切的一切可以瞬间偏离正轨，像大脑麻痹的病人一样。可以生活，但非常非常艰难。虽然大家都知道怎样生活更好，简单一些还是复杂一些。具有爱的气味的落叶松和流浪盆地并不是每个人都能获得，而且究竟谁才需要这种气味呢？就像追时髦一样，实际上很多人对这种气味感到恶心，就像晕船或在牲口圈里那样，有时候甚至还得找大夫开药方。

从我们的小城市很容易看到宇宙，透过暗物质眯起眼睛就可以了，透过丝织品更加可靠。那里有什么特别的吗？雾与水，水与雾，还有一点火。周围到处仍然充满和谐和融洽，就像"棚屋"和"天堂"这两个词！到处都是美丽的和声，如果不那么认真倾听的话。曾经存在，已经过去，即将发生。

天空中的缝隙延伸着，变成了一条新的银河，比旧的那条更加灿烂明亮。它像世界上大多数道路一样，引导人们通向只有上帝知道的地方，或许就是通向某个棚屋，在那里栖息着永恒的安宁。

图书在版编目（CIP）数据

上帝的结 / （俄罗斯）亚历山大·多罗费耶夫著；杨心悦译. —北京：中国
国际广播出版社，2016.10
（中俄文学互译出版项目·俄罗斯文库. 少年文学丛书）
ISBN 978-7-5078-3872-5

Ⅰ. ①上… Ⅱ. ①亚…②杨… Ⅲ. ①儿童小说—短篇小说—小说集—俄罗斯—现代
Ⅳ. ①I512.84

中国版本图书馆CIP数据核字（2016）第187286号

Божий узел
Copyright ©Александр Дорофеев
Simplified Chinese Translation Copyright © 2016 by China International Radio Press
All rights reserved.

《中俄文学互译出版项目·俄罗斯文库》由中国国家新闻出版广电总局和俄罗斯出版
与大众传媒署批准，中国文字著作权协会和俄罗斯翻译学院负责组织实施。

上帝的结

出 品 人	宇 清	
策 划	王钦仁	
统 筹	张娟平 祝 晔 李 卉	
著 者	［俄］亚历山大·多罗费耶夫	
译 者	杨心悦	
责任编辑	何宗思	
版式设计	国广设计室	
责任校对	徐秀英	

出版发行	中国国际广播出版社 ［010-83139469　010-83139489（传真）］	
社 址	北京市西城区天宁寺前街2号北院A座一层	
	邮编：100055	
网 址	www.chirp.com.cn	
经 销	新华书店	
印 刷	环球东方（北京）印务有限公司	

开 本	880×1230　1/32	
字 数	150千字	
印 张	8.25	
版 次	2016 年 10 月 北京第一版	
印 次	2016 年 10 月 第一次印刷	
定 价	42.00元	

CRI　欢迎关注本社新浪官方微博
中国国际广播出版社　官方网站 www.chirp.cn